第一次的親密接觸

Begin Dance

著————蔡智恆

目錄
CONTENTS

25 週年珍藏版　序

1998年我在成大水利系念博五，論文面臨瓶頸，常上BBS散心。
從3月22到5月29，邊寫邊貼，在網路上連載34集，
完成〈第一次的親密接觸〉這篇小說。

過程是無心插柳，但結果與影響卻頗爲巨大。
我在毫無心理準備下成爲所謂的作家，並收穫許多掌聲與讚譽。
但我學生時代的作文成績並不出色，平時也沒有寫作的興趣和習慣，
念的又是工程學門，因此從未想像過將來會提筆寫作甚至成爲作家。
有人說我是大時代裡的被動式偶像，意即在特定的時空背景裡，
因爲偶發的際遇而莫名其妙被追捧的人。

有別於傳統的寫作方式，我是用「鍵盤打字」，而非「紙筆書寫」。
當初因爲發表在網路並造成旋風，隨即引發巨大波瀾，衝擊文壇。
雖然有人讚嘆這是文學新的可能，但更多人視爲異端和洪水猛獸。
我被冠上「網路文學旗手」、「網路小說家第一人」等封號，
而〈第一次的親密接觸〉也像被手術刀解剖，分析文體和寫作方式，
以便找出這股旋風的成因。
無論人們是喜是憂、評價或褒或貶，我始終坐在電腦前安靜寫作。

第一次的 親密接觸

時過境遷，用鍵盤打字的寫作方式早已理所當然，
作品發表在網路也已稀鬆平常。
大量所謂的網路小說出現，〈第一次的親密接觸〉不再稀罕。
25年過去，網路環境經過天翻地覆的變化，
而我依然坐在電腦前安靜寫作，至今共完成15本書。

在《第一次的親密接觸》這本書十週年紀念版的序裡，
我幾乎已完整敘述寫作的時代背景與心路歷程。
如今要爲25週年珍藏版重新寫序，發現根本無從下手。
年輕人終究是年輕人，不懂未雨綢繆的道理，15年前我還年輕，
絞盡腦汁寫出完美的序，導致15年後又得寫序的我只能徒呼負負。
所以現在要留點餘地，以免將來可能還得要寫50週年紀念版的序。

但我加了〈Before the First Touch〉這篇四萬三千字的小說。
故事的時間背景比〈第一次的親密接觸〉早了幾年。
你可視爲番外篇，或是另一個平行宇宙中的〈第一次的親密接觸〉。
這篇是特地爲了25週年珍藏版而寫作，我上禮拜才寫完。
〈Before the First Touch〉的故事背景，我會在後記裡提起。

因爲無法完美寫出25週年珍藏版的序，
所以寫了〈Before the First Touch〉。
將來如果無法寫出50週年紀念版的序，我可能還會再寫一篇小說。

篇名我想好了，應該是〈Another First Touch〉，
與〈第一次的親密接觸〉在同一宇宙。
只是痞子蔡與輕舞飛揚會以另一種形式相遇和相知。

距離第一次在網路上寫小說的時間已經25年了，
歲月在過去所寫的文字上，灑下許多灰塵。
時間是很強的腐蝕劑，很少人能在時間沖刷後，保留完整的純眞。
網路時代也不斷推陳出新、快速演變，讓人措手不及；
原先只能騎馬，現已搭上太空梭。

我很慶幸即使已是知天命之年，仍能清晰看到未滿而立之年的我，
那個在深夜笨拙地敲打鍵盤的男孩。
更慶幸的是，蒙塵的只是過去的文字，
而我對寫作那顆單純而美好的心，始終一塵不染。

原來我的熱忱還在，這才是一個寫作者能夠穿越時代的力量。

蔡智恆

2023年11月7日　於台南

10 週年紀念版　序

我想起了十年前《第一次的親密接觸》要出版的往事。

那時編輯小姐滔滔不絕地訴說她們的出版社雖然剛成立且還沒出過書，
但這家出版社隸屬台灣最大的出版集團，必是品質保證之類的話。
不過對我而言，這卻像對著貝多芬講解相對論。

「敝出版社是否有榮幸出版您的作品？」她終於小心翼翼地說到重點。
『是。』我說。
「……」她似乎愣住了，黑框眼鏡內細小的眼睛越睜越大。
『有問題嗎？』我說。
「您為什麼會選擇敝出版社呢？」
『我沒選啊。因為妳們是第一家、也是唯一一家聯絡我的出版社。』

雖然之後又陸續有四家出版社主動接觸我，但我絲毫不受影響。
出版社的名字到底是叫玫仁杏出版社或是梅添良出版社，根本沒差。
因為當時我只是個學工程的博士班研究生，
出版的世界幾乎是另一個星球上的事。

這些年來偶爾有人問我當初爲何決定要出書？

彷彿這是一個像如何開發替代能源防止地球暖化之類值得深思的問題。

但對我而言，這個問題翻成白話文便是：

「我想當冤大頭將你發表在網路且幾乎所有人都看過的小說出版成書，
 然後給你版稅，請問你願意嗎？」

請容許我簡單說明十年前的狀況。

當時〈第一次的親密接觸〉已在BBS上發表完一個月，

各大小BBS站裡的各式各樣板面，到處轉貼〈第一次的親密接觸〉。

很多人並將全文列印裝訂成冊，到處傳閱著。

我學弟的桌上就有一本，另外我表弟也寄來一本說是要孝敬我。

（當然他們不僅不知道、而且打死都不相信那是我寫的）

在這樣的情況下，竟然還有出版社要出書？

我同情她都來不及，怎麼會忍心拒絕呢？

我沒投稿到出版社，也從沒抱著待價而沽的心態等待出版社上門。

很多人以爲我是在家裡翹著二郎腿等著支票來按門鈴，

但請容許我提醒你，當時根本沒有出版網路上當紅小說的前例。

不要以爲現在的情況變了，就自動延伸引用至當時的環境。

更何況當時輿論普遍認爲所謂的「上網族群」，就是躲在螢幕後面聊天，

是活在虛擬環境裡的奇怪的人，這些人該看心理醫師而不是成爲作家。

事實上寫完〈第一次的親密接觸〉後，我就裝死，因為我還得趕論文。
那時我的呼吸是為了儲存寫論文的能量，心臟是為了拿到學位而跳動。
在 BBS 上寫小說是偶然的，並非為了證明什麼、改變什麼或得到什麼。
即使〈第一次的親密接觸〉貼完後引發風潮，讓我聽到如雷的掌聲，
我也只認為這就像中了彩券特獎一樣，幸運而已，與才能或天賦無關。
出版社找我出書，我只覺得有何不可？便答應了，就這樣。
然後繼續枯燥平凡的研究生生活。

曾有媒體報導我出書的經過，說我抱著〈第一次的親密接觸〉稿子，
走進一家又一家出版社大門，可是迎接我的，盡是羞辱與嘲笑。
但我深信這部作品將引發一場革命，為所有創作者帶來更多的自由，
於是我忍辱負重，拖著沉重而疲憊的腳步，踽踽獨行。
當第十家出版社拒絕我並遞給我精神科醫師的名片後，我緊抱著稿子，
悄然佇立在寒風中，望著遠方，眼角留下兩行清淚。
這位記者看來很會寫小說，懂得營造氣氛、加強戲劇張力。
只可惜那是和氏璧的故事，不是《第一次的親密接觸》出書的故事。

《第一次的親密接觸》出書的過程很簡單，
就是一個新成立的出版社出版一個從沒聽過的人寫的小說。
結果成為暢銷書，而且引發更大的風潮，甚至改變寫作與出版生態。
但這些都是歷史上的偶然，並不在當初的預期之中。
當初甚至連「預期」這種心態也沒有。

你可能會發現，我用本名出書，而不是「痞子蔡」。

到目前為止，我共出版了八本書，每本書的作者都叫蔡智恆。
當初那位編輯小姐強烈建議，把正火紅的痞子蔡這名字當筆名。
「把痞子蔡當筆名，大家都會認識。」她說。
『幹嘛要取筆名？』我說，『妳聽過李白用筆名寫詩嗎？』
「……」她黑框眼鏡內細小的眼睛又越睜越大。

「痞子蔡」是我網路上的暱稱，雖然人家總是這麼叫我，而我也很習慣，
但它依然只是暱稱，不是筆名。
這些年來常有人問我：為何不用高知名度的痞子蔡出書，
卻用沒人知道也沒什麼特色的本名出書？
是否有特別的涵義或是本名在姓名學上五行特別好？

關於這點，有個小故事。可能有些煽情，請你忍耐。
小時候，母親常常握著我的手背，一筆一劃引導著我學習寫字。
『阿母，這三個字好難寫，筆劃好多喔。』
我趴在地上，回過頭，仰起臉，看著阿母。

「不可以這麼說。」也趴在地上的阿母笑了起來，「這三個字叫蔡智恆，
　是你的名字，不管多難寫多難唸，這就是你的名字。」
阿母停止笑聲後，用叮嚀的口吻說：
「你以後一定要記得，你叫蔡智恆，不可以忘了。」

所以真不好意思，管他痞子蔡是否紅透半邊天，我就是只叫蔡智恆。

沒有筆名，我只叫蔡智恆。

也因為我用了根本沒人知道的本名出書，所以書裡的作者簡介很難寫。
當時可以出版文學小說的作者，哪個身上沒有文學獎的光環？
而我甚至連文學獎都沒參加過。
由於出版社和我都還有基本的廉恥心，因此也不可能加上：
「最受期待的新銳作家」、「20世紀末閃亮的文壇彗星」、
「讓莎士比亞點頭微笑的創作者」、「李白終於後繼有人了」、
「蘇東坡你怎麼哭了？」之類的頭銜。

於是我一直沒寫作者簡介，編輯小姐打電話催了幾次。
催得急了，我只好說：『如果曹雪芹出書，還需要作者簡介嗎？』
「……」
電話那端的她又愣住了，我可以想像她黑框眼鏡內細小的眼睛越睜越大。
如果她再繼續聽我胡扯，眼睛大概會自然變大，不用割雙眼皮了。

最後出版社在網路上找到我寫過的一些文字，當成作者簡介。
但我寫那些東西是寫著好玩，可從沒想過後來會變成書裡的作者簡介。
如果你看過1998年初版的《第一次的親密接觸》裡面的作者簡介，
你應該會覺得這個作者真無聊，可能會讓你想打人。

編輯小姐對書名也有意見，她認為加了「的」，唸起來有些拗口。
應該把書名改為第一次親密接觸，去掉「的」。

『妳吃過割包嗎？』我問她。

「吃過。」她說，「怎麼了？」

『我要割包的皮，跟我要割包皮，完全不一樣。』我點點頭，接著說：

『一個可以吃，另一個要動手術。所以"的"很重要，不能隨便省略。』

「……」

編輯小姐的災難還沒結束，她到處找人幫《第一次的親密接觸》寫序。

從高知名度的作家到稍具名氣的作家，她甚至還找了歌手。

結果都是一樣，沒人肯寫推薦序。

從沒聽過的作者名字、沒有文學獎光環、沒有頭銜、如果又沒名人推薦，

那麼這家出版社開張後出版的第一本書，恐怕將堆在倉庫裡長蜘蛛網。

『不然找我的朋友寫推薦序吧。』我說。

「你認識有名的人嗎？」編輯小姐的語氣突然閃亮。

『沒有啊。』

「沒有名氣的人寫的序，誰會看呀。」編輯小姐的語氣又黯淡了。

『妳沒聽過三個臭皮匠，勝過一個諸葛亮？』我說，

『我多找幾個人寫，有沒有諸葛亮就沒差了。』

「……」

所以初版的《第一次的親密接觸》，前面放了些網友和同學寫的東西。

由於人數眾多，看起來像是普天同慶、四海歡騰。

其實原先的作用只是掩飾沒人寫推薦序的尷尬而已。

經過了十年，《第一次的親密接觸》終於要重新出版，又該找誰寫序呢？
如果是孟子出書還可以找孔子幫他寫序，但如果孔子出書呢？
恐怕只能由孔子自己寫序了。
所以我只好自己寫序。

好，讓我們回到《第一次的親密接觸》的內文部分。
初版的書上充斥著「...」這種符號，當作標點。
「...」和刪節號（……）不同，並不屬於標點符號中的一種。
當《第一次的親密接觸》形成一種現象後，很多人不得不研究或探討它。
但他們往往看不到幾頁便會發出：
「妖孽啊！」、「連標點符號都不會用的人也能出書？文學快亡了啊！」
之類的慘叫聲。

看過沙漠中的蛇嗎？
牠們收縮身體成明顯的Ｓ型，以近乎彈跳的方式，迅速在沙漠移動。
如此才能減少皮膚與灼熱沙地接觸的面積，也縮短待在沙地的時間。
傳統生活在山林裡的蛇也許會覺得疑惑甚至是責怪：
這些沙漠中的蛇為什麼不柔軟自在地爬行呢？
為什麼要失去蛇族應有的優雅風範？

請容許沙漠中的蛇簡短做個解釋。
當時在台灣，最常見的中文輸入法是倚天系統下的注音和倉頡。
但不管是注音或倉頡，若要輸入標點符號，必須按切換鍵，很麻煩。

《侏儸紀公園》裡頭說得好：「生命會自己找到出路。」
在鍵盤右下角有個「Del」鍵，上頭就是一個小數點 (.)。
於是網友們打字時不必常按切換鍵，順手按幾下Del鍵即可表示標點。
兩點、三點或四點，隨你高興。手指容易抽筋的，多按幾點有益健康。

而以長短句形成的段落，偶爾也會讓我聽到「妖孽啊！」的尖叫聲。
BBS上的文字介面並不具備文書處理軟體的強大功能，
在文書處理軟體（如Word）中，當文字走到右邊盡頭便會自動往下，
你可以不用停頓，寫完一段後再另起新段。
但在BBS上，如果不強迫換行，文字就會峰峰相連到天邊，一直往右走。
於是每一行都得斷一下，才能往下寫。
如果堅持一定得到最右邊最後一個字才斷行，那其實是很費力的事。
所以才會形成長短句的段落樣子。

至於單引號「」和雙引號『』之使用，正確用法是單引號內再用雙引號。
但在電腦上閱讀比傳統紙張閱讀不舒適、也較不便捷，
若出現對話較多的段落，一連串的單引號容易讓人搞不清楚話是誰說的。
因此痞子蔡的話用『』，輕舞飛揚則用「」，如此可以凸顯視覺差異，
在電腦上閱讀小說中的對話時較易判讀。

日本早稻田大學中國文學會發行的《中國文學研究》，
第31期（2005年12月）曾刊登一篇論文，題目是：
... 小說における「段落」... 蔡智恒 ... ネット文學の文體 ...
請注意，「...」是論文題目的一部分，並不是標點。

題目的中譯大意是蔡智恆小說中獨特的段落，是網路文學的文體。
看來日本人雖然愛拍Ａ片，但基本的包容心還是有的。

總之，沙漠蛇彈跳式的移動是爲了適應沙漠的酷熱環境。
沙漠中的蛇當然可以優雅地爬行，但這樣爬行的話皮膚容易燙傷，
如果天氣特別熱、沙地特別燙，很可能爬到一半就熟了。
下次你到沙漠旅行時，如果在路旁看到烤熟的蛇，請你好好超渡牠。
當牠到了西方極樂世界，佛祖也許會開示：
「萬事萬物皆有佛性，不要太執著。」

我在往後的書寫裡，依然保持這種在BBS上書寫的習慣。
因爲這十年來，我寫的每部作品，都會在出版前貼在BBS和網站上。
而且是全文，一字不漏。
我不會說出「欲知結局，請到書局」這種話。

或許你想問：是否因爲喜歡「網路作家」這稱呼，所以作品要放上網？
別傻了，你我都知道，「網路」這名詞套在寫作者身上，
不會是讚美的頭銜。
我捍衛的不是「網路」這塊招牌，而是簡單且自由的創作心態，
還有跟許多朋友的默契。
他們跟我也許只隔一個巷口，也許隔了一座海洋，但只要打開電腦，
他們便能讀到我寫下的東西和心情，隨時且隨地。

人們要把我歸類成網路作家、知名網路作家、超級霹靂無敵暢銷作家、
或網路文學旗手等等，那是人家的自由。
我不必理會，也無需在意，只管寫自己想寫的東西。
在寫作的世界裡，有人寫、有人讀、有人評論、有人研究、有人歸類，
大家都有事做，世界才會和平。
這是個嚴肅的課題。

新版的《第一次的親密接觸》中，文字敘述盡量使用正確的標點符號。
但痞子蔡和輕舞飛揚在網路上的對話，依然保留當時 BBS 的習慣。
痞子蔡用「...」，輕舞飛揚則用當時一種新的輸入法提供的「…」。
現在的網路環境早已不像當年，標點符號的使用也和平面沒有差異。
但在痞子蔡和輕舞飛揚相遇的時代，當他們敲打鍵盤時，是這樣用的。
這是只屬於他們的，指尖的記憶。

從 1998 年 3 月 22 到 5 月 29，共花了兩個月零八天完成 34 篇的連載。
「to be continued......」標示著當時連載的痕跡。
平均速度是兩天一篇，但實際上有時一天貼一篇，有時五天才一篇。
當初在 BBS 上陪伴我走完這段旅途的朋友們，現在可能為人父、為人母。
處在辦公室勾心鬥角的環境中、煩惱小孩要去哪學英文時，
你是否早已忘了當初在 BBS 等待與閱讀的單純美好心情？

你之前很可能早已看過《第一次的親密接觸》，不管是從 BBS、
網站（包括色情網站）、朋友轉寄的信件、同學傳給你的打印本、
或是初版的書。

當你看到十年後《第一次的親密接觸》重新出版，你的感覺是？
像收到以前戀人寄來的結婚喜帖？
還是像與初戀情人重逢於故鄉的海邊？

20歲時，相信愛情會天長地久；25歲時，期待愛情能天長地久；
30歲時，便知道天長地久可遇不可求。
十年來應該發生了很多事，想必你的心態也因而改變不少吧。

如果你某部分的記憶不小心被喚起，並延伸出更多的記憶，
請試著再看一遍《第一次的親密接觸》。
看完後，有些背後的小故事，我會在書末跟你聊。

如果你想聽的話。

蔡智恆
2008年1月19日　於台南

plan

如果我有一千萬，我就能買一棟房子。
我有一千萬嗎？沒有。
所以我仍然沒有房子。

如果我有翅膀，我就能飛。
我有翅膀嗎？沒有。
所以我也沒辦法飛。

如果把整個太平洋的水倒出，也澆不熄我對妳愛情的火燄。
整個太平洋的水全部倒得出嗎？不行。
所以我並不愛妳。

跟她是在網路上認識的。

怎麼開始的？我也記不清楚了，好像是因為我的一個plan吧！

那個plan是這麼寫的：

如果我有一千萬，我就能買一棟房子。

我有一千萬嗎？沒有。

所以我仍然沒有房子。

如果我有翅膀，我就能飛。

我有翅膀嗎？沒有。

所以我也沒辦法飛。

如果把整個太平洋的水倒出，也澆不熄我對妳愛情的火燄。

整個太平洋的水全部倒得出嗎？不行。

所以我並不愛妳。

其實這只是我的職業病而已。

我是研究生，為了要撰寫數值程式，腦子裡總是充滿了各種邏輯。

當假設狀況並不成立時，所得到的結論，便是狗屁。

就像去討論太監比較容易生男或生女的問題一樣，都是沒有意義的。

在plan裡寫這些阿里不達的東西，足證我是個極度枯燥乏味的人。

事實上也是如此。

所以沒有把到任何美眉，以致枕畔猶虛，倒也在情理之中。

而她，真是個例外。

她竟mail告訴我，我是個很有趣的人。

有趣？這種形容詞怎麼可能用在我身上？

就像用誠實來形容李登輝一樣，都會讓人笑掉大牙。

我想她如果不是智商很低，就是腦筋有問題。

看她的暱稱，卻又不像。

她叫做「輕舞飛揚」，倒是個滿詩意的名字。

不過網路上的暱稱總是虛虛實實，虛者實之，實者虛之，做不得準的。

換言之，恐龍絕不會說她是恐龍，更不會說她住在侏儸紀公園裡。

她總是會想盡辦法去引誘你以及誤導你。

而優美的暱稱，就是恐龍獵食像我這種純情少男的最佳武器。

說到恐龍，又勾起了我的慘痛記憶。

我見過幾個網友，結果是一隻比一隻凶惡，每次都讓我落荒而逃。

我想我大概可以加入史蒂芬史匹柏的製作班底，去幫他做電影特效了。

室友阿泰的經驗和我一樣。

如果以我和他所見到的恐龍為X座標軸，以受驚嚇的程度為Y座標軸，

可以經由迴歸分析而得出一條線性方程式。

然後再對X取偏微分，對Y取不定積分，

就可得到「網路無美女」的定律。

因此，理論上而言，網路上充斥著各種恐龍。
所差別的只是到底她是肉食性還是草食性而已。

to be continued......

要介紹「輕舞飛揚」之前，得先提一提阿泰。
打從大學時代起，阿泰就是我的哥兒們，
不過我們的個性卻是天南地北。
他長得又高又帥，最重要的是，他有張又甜又油的嘴巴。
我很懷疑有任何雌性動物能不淹沒在他那滔滔不絕的口水之中。

我喜歡叫他「Lady Killer」，而且他還是職業的。
慘死在他手下的女孩，可謂不計其數，受害者遍及台灣全島。
他在情場上百戰百勝，但絕不收容戰俘。
他說他已經達到情場上的最高境界，即「萬花叢中過，片葉不沾身」。
據說這比徐志摩的「揮一揮衣袖，不帶走一片雲彩」，還要高竿。
徐志摩還得揮一揮衣袖來甩掉黏上手的女孩子，
阿泰則連衣袖都沒有了。

阿泰總是說我太老實了，是情場上的砲灰。
這也難怪，我既不高又不帥，鼻子上騎著一支高度近視的眼鏡，

使我的眼睛看起來瞇成一條線。
記得有次上流力課時，老師突然把我叫起來，因為他懷疑我在睡覺，
但那時我正在專心聽講。
可能八字也有關係吧！從小到大，圍繞在我身旁的，
不是像女人的男人，就是像男人的女人。

阿泰常說，男人有四種類型：
第一種叫「不勞而獲」型，即不用去追女孩子，自然會被倒貼；
第二種叫「輕而易舉」型，雖然得追女孩子，但總能輕易擴獲芳心；
第三種叫「刻苦耐勞」型，必須絞盡腦汁，用盡36計，才會有戰利品；
而我是屬於第四種叫「自求多福」型，
只能期待碰到眼睛被牛屎ㄍㄡˋ到的女孩子。

阿泰其實是很夠朋友的，常常會將一些女孩子過戶給我。
只可惜我太不爭氣，總是近「香」情怯。
不過這也不能怪我，只因為我多讀了幾本聖賢書，懂得禮義廉恥，
而講究禮義廉恥通常是追求女孩子的兵家大忌。

舉例來說，我跟一個不算瘦的女孩去喝咖啡，我好心請她再叫些點心，
她卻說她怕會變胖，那我就會說妳已經來不及了。
去年跟一個女孩子出去吃飯，她自誇朋友們都說她是：
「天使般的臉孔，魔鬼般的身材」。
我很正經地告訴她：『妳朋友說反了。』

幸好那時我們是吃簡餐，我只是被飛來的筷子擊中胸前的膻中穴而已。

如果是吃排餐，我想大概會出人命了。

to be continued......

經過那次死裡逃生的經驗，我開始領教到恐龍的凶殘。

後來阿泰想出了一個逃生守則，即日後跟任何女性網友單獨見面時，

要帶個call機。

我們會互相支援，讓call機適時響起。

若碰到肉食性恐龍，就說：「宿舍失火了」；

若是草食性恐龍，則說：「宿舍遭小偷了」。

於是阿泰的房間發生了四次火警，六次遭竊。

我比較幸運，只被偷過五次。

所以在見到「輕舞飛揚」之前，我的心臟其實已經被鍛鍊得很堅強。

即使再碰到恐龍，我的心跳仍能維持每分鐘72下。

阿泰曾經提醒我，她如果不是長頭髮，就會是花癡。

因為女孩子在跳舞時只有兩個地方會飛揚：頭髮和裙子。

頭髮飛揚當然很美；

但若裙子飛揚，則表示她有相當程度的性暗示。

不過我一直認為她與眾不同，當然我的意思不是她特別大隻。
書上說天蠍座的人都會有很敏銳的直覺，因此我很相信自己的第六感。
至於阿泰，他雖然能夠一眼看出女孩子的胸圍，
並判斷出到底是Ａ罩杯還是Ｂ罩杯；
或在數天內讓女孩子在床上躺平。
但他卻未必能真正地了解一個女孩子。

阿泰常引述莎士比亞的名言：「女人是被愛的，不是被了解的」，
來證明了解女人不是笑傲情場的條件。
事實上，這句話真的有道理。

記得我以前曾經一男四女住過，真是苦不堪言。
生活上的一切細節，都得幫她們打點，
因為女生只知道風花雪月，未必知道柴米油鹽。
為了保護她們的貞操，我每天還得晚點名。
我若有不軌的舉動，別人會笑我監守自盜；
我若守之以禮，別人就叫我柳下惠，或者遞給我一張泌尿科醫師的名片。
夏天晚上她們洗完澡後，我都得天人交戰一番，可謂看得到吃不到。

跟她們住了兩年，我只領悟到一個道理。
即是再怎麼純潔可愛溫柔天真大方端莊小鳥依人的女孩子，
她們捲起褲管數腿毛的姿勢都一樣。

而且她們都同樣會叫我從廁所的門縫下面塞衛生紙進去。

to be continued......

輕舞飛揚

我輕輕地舞著，在擁擠的人群之中。
你投射過來異樣的眼神。
詫異也好，欣賞也罷，
並不曾使我的舞步凌亂。
因為令我飛揚的，不是你注視的目光，
而是我年輕的心。

該讓「輕舞飛揚」出場了。
自從她頭殼壞掉mail給我並說我很有趣後，
我就常希望能在線上碰到她。

不過很可惜，我們總是擦身而過，所以我也只能回mail告訴她，
為了證明她有先見之明，我會努力訓練自己成為一個有趣的人。
因此我寄mail給她，她回mail給我，我又回她回給我的mail，
她再回我回她回給我的mail……
於是應了那句俗話：「冤冤相報何時了」。
雖然說冤家宜解不宜結，不過我和她的冤仇卻是愈結愈深。

其實最讓我對她感到興趣的，也是她的plan：

> 我輕輕地舞著，在擁擠的人群之中。
> 你投射過來異樣的眼神。
> 詫異也好，欣賞也罷，
> 並不曾使我的舞步凌亂。
> 因為令我飛揚的，不是你注視的目光，
> 而是我年輕的心。

我實在無法將這樣的女子與恐龍聯想在一起。
但如果她真是恐龍，我倒寧願讓這隻恐龍飽餐一頓。
正所謂恐龍嘴下死，做鬼也風流。

阿泰好像看出了我的異樣，不斷地勸我，
網路上的感情玩玩就好，千萬別當真，畢竟虛幻的東西是見不得陽光的。
就讓上帝的歸上帝，凱撒的歸凱撒；網路的歸網路，現實的歸現實。
因為躲在任何一個英文ID背後的人，先別論個性好壞或外表美醜，
連是男是女都不知道，如此又能產生什麼狗屁愛情？

這不能怪阿泰的薄情與偏激，自從他在20歲那年被他的女友 fire 後，
他便開始遊戲花叢。
俗話說：「一朝被蛇咬，十年怕井繩」，
但他被蛇咬了以後，卻從此學會剝蛇皮，並喜歡吃蛇肉羹。

而且他遇見的女性網友，倒也不乏一些只尋找短暫刺激之輩。
有時第一次見面就會問他：「君欲上床乎？」
因為子曰：「美女難找，有身材就好」，所以除了恐龍外，
他通常會回答：「但憑卿之所好，小生豈敢推辭？」
然後她們會問：「Your place or My place？」
他則爽快地說：
「要殺要剮，悉聽尊便。重點是跟誰做，而不是在哪做。」

阿泰真狠，連這樣也要之乎者也一番。
更狠的是，他通常帶她們回到家裡，而把我趕出去流落街頭。

在一個苦思程式的深夜裡，
研究室窗外的那隻野貓又發出斷斷續續的叫春聲。
三長一短，表示大約是三點一刻。
上線來晃一晃，通常這時候線上的人最少，
而且以無聊和性飢渴的人居多。
若能碰上一二個變態的女孩，望梅止渴一番，倒也是件趣事。
阿泰說女孩子的心防愈到深夜愈鬆懈，愈容易讓你輕鬆揮出安打。

安打？
是這樣的，我們常以棒球比賽來形容跟女孩間的進展。
一壘表示牽手搭肩；二壘表示親吻擁抱；三壘則是愛撫觸摸；
本壘就是已經※＆＠☆了⋯⋯
（基於網路青少年性侵害防治法規定，此段文字必須以馬賽克處理）

阿泰當然是那種常常擊出全壘打的人，而我則是有名的被三振王，
到現在還不知道一壘壘包是圓還是扁。
如果是被時速140公里以上的快速球三振那也就罷了，
我竟然連120公里的慢速直球也會揮棒落空，真是死不瞑目。

to be continued......

pc剛好在此時傳出了噹噹的聲響。

太好了！魚兒上鉤了。
不知道是哪個癡情怨女從一大堆飢渴的雄性野獸中，
沒有天理地選擇了我為送 Message 的對象。
我也不知不覺地流下了欣慰的口水。

按照慣例，先雙手合十虔誠地向上帝祈禱，
求祂賜給我一個寂寞難耐的絕色美女。
然後用沒擦過屁股的左手按了下鍵盤，出現的是：
「痞子...這麼晚了還沒睡？」
哇勒……不會吧？竟然是輕舞飛揚！
這個不知道是頭髮飛揚還是裙子飛揚的女孩。

趕緊將快滴下的口水吸住，做了幾下深呼吸。
阿泰此時不知道又在哪個無知少女的床上。
這麼重要的關頭，只有我在孤軍奮戰。
早知如此，今晚就叫他吃素，別殺生了。
怎麼辦？
憑我三腳貓的幽默感和略顯癡呆的談吐，怎麼能吸引她呢？

「痞子...我心情不好睡不著...你也是嗎？」
horse's！都怪阿泰不好，幹嘛沒事叫我取什麼「痞子蔡」的暱稱，
還說什麼這樣叫做「置之死地而後生」，
反而會達到吸引純情少女的效果。

我以前的暱稱,諸如:「愛妳一萬年」、「深情的Jack」、
「浪漫是我的綽號」、「敢笑楊過不癡情」、
「妳若不想活我也陪妳死」……
不也性格得一塌糊塗?
如今竟讓她叫我痞子,真是情何以堪啊!

『我心情也不好...讓我們負負得正吧...』
好不容易擠出了這麼一句,卻也已冒出一身冷汗。

其實我心情也不見得不好,只是順著她的話頭講,
不要剛開始聊天就做出忤逆的事。
而且如果她待會問我為何心情也不好時,我就可以回答:
『妳心情不好,我的心情又怎麼好得起來?』
雖然有點狗腿,不過阿泰常說:「狗腿為談戀愛之本」。
而且女孩子是種非常奇怪的動物,
她相信她的耳朵遠超過相信她的眼睛,
所以與其做十件體貼的事讓她欣慰,倒不如說一句好聽的話讓她感動。

「好呀...可是你還沒向我問好呢...」
該死!竟然緊張到連做人的基本禮貌都忘了,
虧我還號稱為系上的品行教科書以及道德狀元郎。
如果讓學妹們知道這件事,豈不讓她們少了一個暗戀的對象?
我真是無顏見江東姐妹了。

『長髮飄揚的女孩...妳也好...』
我心裡一直希望她飛揚的是頭髮，而不是裙子。
所以自然而然的，就覺得她該有一頭長髮。
上帝保佑，千萬別讓我猜錯。

「咦？你怎麼知道我留長髮？」
Bingo！竟然被我污到，太好了，可以證明她不是花癡了。
這情景，怎一個爽字了得！

『我不僅知道妳留長髮...我還知道妳不常穿裙子...』
要賭，當然就賭大一點，要是再讓我污到，天下就準備太平了。

「咦again？連本姑娘不喜歡穿裙子你也知道？」
老天啊！何苦如此厚待我？
我只不過比別人多一份老實，比別人多一份誠懇，
用不著如此獎勵我吧？

『我只是覺得妳一定有雙美腿...所以不應讓裙子遮住妳的曲線...』
阿泰的特訓果然有用，他說男人一定要學會甜言蜜語。
而當男人講甜言蜜語時，最大的敵人不是女人的耳朵，而是男人的胃。
如果我講出任何阿諛奉承諂媚巴結的噁心言語而不會讓我的胃抽筋時，

我就可以出師。
如今，我終於學成歸國了。

「呵...:)」
這是網路上女孩的特權。
當她不知道該如何回答你時，
就會用「呵」或笑臉符號「:)」來打混過去。
這真是高招，不僅不露痕跡地接受了你的讚美，
還一副事不關己的樣子。

『心情好點了嗎？美麗的輕舞飛揚小姐...』
雖然我很好奇她到底為何心情不好？但絕不能直接問她。
因為當女孩子心情不好時，情緒是很不穩定的，
單刀直入的問法會讓她覺得煩躁火大。
萬一她剛被二一，或是剛告別處女，或是剛踏到狗屎，
我一定會被她罵得滿頭包。

所以，換個方式問，比較合乎孫子兵法的「迂迴進擊」和「誘敵深入」。
而且看在我說她美麗的份上，所謂不看僧面看佛面，
她也不至於當場翻臉吧。

「嗯...好多了...可愛的痞子先生...:)」
可愛？這種形容詞雖不滿意，但還可以接受。

不過痞子再怎麼可愛也還是痞子。
明天得再想個優雅一點的暱稱了。

『知道妳心情變好...我的心情也跟著好轉...妳說奇怪不奇怪？』
剛才埋設的伏筆，現在可以派上用場了。
而且明明是拍女孩子的馬屁，卻裝作一副無辜的樣子，
正所謂「拍而示之以不拍」。
這也是獨孤九劍中「無招勝有招」的真諦。

「呵 :)...痞子...我該睡了...明早十點上站...陪我嗎？」
由她的反應看來，剛才拍的那個馬屁，無論是力道與施力點，
都是恰到好處。
跟阿泰在一起這麼久，日子倒也沒有白過。

『赴湯蹈火...尚且不辭...何況陪妳聊天乎？』
天啊！我怎麼會突然冒出一句這麼有深度的話呢？
這句話大概可以列入網路年度十大佳句了。
我想唐伯虎復生，也不過如此吧。

雖說我是受到阿泰的薰陶，但我已經青出於藍而勝於藍了。
更難得的是，我說這句話時，敲鍵盤的手竟然一點也不會發抖，
看來我的確有在情場中打滾的天分。
我深深地被自己的天賦異稟所感動。

第一次的
　　親密接觸

「:) ...那麼明早見了...晚安...痞子...」

『小小吐槽一下 ... 應是今早見 ... 晚安 you too...』

離了線，忍不住想學電視裡的廣告大叫：『我出運了！我出運了！』
看來這次打擊，有希望能敲出一支安打。
而研究室的窗外，那隻野貓的叫春聲又更響了……

to be continued......

網路邂逅

其實網路上的邂逅，
應該可稱之為浪漫。
因為浪漫通常帶點不真實，
而網路並不真實。
所以由此觀之，
網路上的邂逅是具備浪漫的條件。

「啊啊，給我一杯壯陽水，換我一夜不下垂……」
聽到這首改編自劉德華〈忘情水〉的變態歪歌，就知道是阿泰回來了。
看來今夜又有個女孩慘遭毒手。

阿泰常說他不是不想定下來，只是他條件太好，
反而會讓女孩子有不安全感。
所以他說：「余豈好色乎，余不得已也。」
這當然是狡辯，但其實很多男人或多或少都有阿泰的性格。
所差別的只是條件不夠，無法風流而已。

我告訴阿泰，我剛遇見輕舞飛揚了。
「恭喜恭喜！如此際遇，豈能無酒？」
開玩笑，我明天還得早起，喝酒會誤事的。
「也對。等你失戀時再喝。」
哇勒……你這樣彷彿是在詛咒我。
「我幹嘛還彷彿！我根本就是在詛咒你。」
horse's，要不是看在我打不過你的份上，你早就血濺五步了。

「痞子，別生氣。」阿泰一屁股坐在床邊，笑了笑：
「我用的是心理學上的洪水猛獸法，在你有所期待時，狠狠潑你冷水。
　這樣你才能步步為營，攻城掠地，無堅不摧。」
其實這樣也對，要不是這桶冷水，我一定會得意忘形。

我是個日夜顛倒的人，早上10點以前起床對我而言，
真是一項高難度的挑戰。
『阿泰！明早叫我起床。』
「細細回憶，妳的淫蕩。彷彿見妳，床上模樣……」

他改唱剛澤斌的〈妳在他鄉〉，裝作沒聽到我說話的樣子。
看來，別指望他了。
所以，我調了兩個鬧鐘，一個放床邊；一個放在離床最遠的角落。
這樣我才能確保鬧鐘不會只叫醒我的食指。

「痞子...這麼巧...:)」
還好，雖然睡過頭，但仍然準時在10點上了線。
『是啊...怎麼這麼巧...』

女孩子真是奇怪的動物，明明是早就約好的事，
偏要裝作一副偶然邂逅的樣子。
大概是瓊瑤的小說看太多的緣故吧，
她們總覺得靠緣分邂逅的男人最美好。
而且男人的美好程度會跟邂逅的浪漫程度成正比。
「痞子...你在吹牛...」

吹牛？好，我說給妳聽。
舉例而言，在夏天的海灘邊邂逅的男子一定要會跑步，

要有粗獷的長相，要有古銅泛紅的皮膚，要有海水般明亮的雙眼，
最好還要有爽朗的笑聲。
然後一面呼喊著女主角的名字，一面朝她飛奔，
再抱起她逆時針轉三圈。
「痞子...你再吹呀...」

不喜歡夏天？好，換個季節。
在秋天的街道上邂逅的男子一定要帶副眼鏡，要有斯文的書卷味，
手裡要抱著一本詩集，最好要踩著滿地的落葉，發出沙沙的聲響。
然後嘴裡輕輕吟著雪萊或葉慈的詩，再深情地告訴女主角她比詩還美。
「痞子...你在亂掰哦...」

我在掰？好，不說時間的邂逅，改用地點的邂逅。
在無人的山中邂逅的男子一定要留長髮，要有藝術家的特質，
要帶著一個畫架、幾張畫布，最好要有很多小鳥停在他身旁看他作畫。
然後女主角也許脫光光當他的模特兒，或靜靜地欣賞著他的專注。
「痞子...你吃錯藥了...」

吃錯藥？好，換個比較文明的地點。
在喧鬧的酒吧中邂逅的男子一定要有鬍碴，要有頹廢的氣息，
嘴裡要叼根菸，要喝烈酒而不是台灣啤酒，最好還要有雙冷峻的眼神。
然後女主角應該會被酒醉的人調戲，而他則英勇而適時地打跑這些人。
「痞子...這些都很浪漫呀...」

浪漫？小姐，浪漫也許只是存在於小說中的情節而已。
現實生活中，在海邊跑步的男子可能會踩到玻璃，然後送去急診。
或是女主角太重，以致他的手臂產生肌肉拉傷或肩膀脫臼的運動傷害。
踏著滿地秋天落葉的男子可能會踩到狗屎，因為落葉堆內狗屎多。
由於狗屎太臭了，所以他可能不吟詩而改吟三字經。

在無人山中作畫的男子，旁邊的小鳥可能會拉屎在他頭上。
或是當女主角脫光光時，他會嫌腰部和臀部的贅肉太多，
而被她痛毆一頓。
而在喧鬧酒吧中喝烈酒的男子，可能錢會帶不夠，而被留下來洗碗。
或是跟人打架時，反而被人打跑，因為沒有理由好人就會打贏架。
「痞子…你跟浪漫有仇嗎？」

跟浪漫有仇？當然不是，我只是以統計學的觀點得出一些結論而已。
因為以上各類型的男子，無論是粗獷型、斯文型、藝術型與頹廢型，
他們最大的共通點竟然是高，而不是帥！
有的愛情小說會顛覆男主角的形象，讓他長得不夠好看。
但沒人敢讓男主角不高。
因為我不高，所以我要抗議。
「痞子…抗議駁回…」

我真的不是普通的無聊與乏味，竟然在網路上跟她討論這些。
而且一聊就聊到中午。

「痞子...肚子餓了嗎？」

『是啊...那妳呢？』

「嗯...的確該吃午餐了...:)」

『那我們是否該...？』

「痞子...我只是問問...沒有要跟你吃飯的意思...」

很好，我不浪漫。而妳也不浪漫……

to be continued......

中午跟阿泰吃飯，我們聊起了早上和輕舞飛揚的對談。

「你眞是白癡！你幹嘛強調你不浪漫？你頭殼壞掉？」

阿泰劈頭就是一頓臭罵，而且一發不可收拾。

「我的臉都讓你丟光了，你怎會犯了兵家大忌呢？我……我……」

阿泰夾起一塊雞翅，拿筷子的手氣得發抖，

使得那塊雞翅好像要展翅飛翔。

「把馬子有三大忌。一日不浪漫，二日太老實，三日嘴不甜。

　其中又以不浪漫爲首。任何罪惡與不浪漫牴觸者無效，沒聽過嗎？」

當然沒聽過，我只聽過任何法令與憲法牴觸者無效。

「男人不壞，女人不愛。總該聽過吧？」

這句話一直有爭議性，當然聽過。

「其實女人又不賤，幹嘛非得去喜歡壞男人？
　那是因爲壞男人通常很浪漫，而好男人通常不解風情。
　所以她寧可選擇壞而浪漫的男人，也不願選擇好而不浪漫的男人。
　這叫『兩害相權取其輕也』的道理。懂嗎？痞子。」

這樣我就懂了。
難怪我一直是孤家寡人，而阿泰身旁的女人總是取之不盡，用之不竭。
子曰：「朝聞道，夕死可矣。」
我想我終於可以瞑目了。

「換言之，女人可以不介意你不夠高、可以不在乎你不夠帥、
　可以寬恕你不夠溫柔體貼、可以忍受你不夠細心呵護、
　可以接納你不夠聰明有趣。但絕不能原諒你不夠浪漫！」
太扯了吧！哪有這麼誇張。

「痞子，很多女人有浪漫情結，就像很多男人有處女情結一樣。
　對女人而言，她們無法想像小小一層薄膜對男人有多麼重要，
　正如我們也無法想像浪漫對她們有多麼重要一樣。」
亂講！我從來沒聽過誰有處女情結，更沒聽過誰有浪漫情結。

「情結也者，重點在結這個字。你能解得開，就不叫結了。
　男人當然也知道處女情結不僅無知可笑自私與不公平，

　　但能不能解開這個結是一回事，肯不肯承認自己有這種結的存在，
　　又是另一回事。同理可證，女人亦復如此。」
　可是網路上每次討論到處女情結時，大家都覺得有這種觀念的男人，
　是又笨又混蛋又欠揍，不是嗎？

「痞子，你只知其一，不知其二。
　如果談到處女情結時，女性當然義憤填膺，這是可以理解的事。
　但男性呢？有幾個人敢帶種地當眾承認自己有處女情結？
　而且如果女孩們都相信男人非處女不娶，於是死守著她們的貞操，
　那像我這種人不就不用混了？
　因此於公於私，我們都必須讓女人相信處女是不重要的。
　所以我在網路上post的第一篇文章就是誓死唾棄處女情結的存在！」

原來如此。
難怪阿泰每次和我們吃火鍋時，都說菜很好吃，於是我們就會吃菜。
但他卻一直夾肉。

「對女人而言，一年有五大節慶，即西洋情人節、中國情人節、
　她的生日、三八婦女節、耶誕節。
　我阿泰縱橫情場近十載，大小數百戰。
　我敢罵女人三八、敢放女人鴿子、敢說女人臉蛋不夠好看、
　敢嫌女人身材不夠纖細。但我絕不敢在這五大節慶裡，
　不進貢一些禮品與花朵以表示忠貞不渝、絕無貳心！」

阿泰點起了菸，語重心長地說著。

「一年365天，你在其他360天對她很好，
　反而不及在這5天裡讓她覺得浪漫。
　通常女孩們會因為你在這5天裡表現良好，
　而忘了你在其他360天裡對她並不夠在乎的事實。
　相反地，她們會因為你在這5天裡並無特殊表現，
　而拒絕相信你在其他360天裡細心呵護她的事實。」
哇勒！阿泰的屁還沒放完。

「就像一個棒球名人所說的：
　『不要吹噓你的打擊率很高，不要強調你的安打數很多，
　你只要告訴我，你的打點有多少？』
　痞子，懂了嗎？適時而帶有打點的安打，才能給對手迎頭痛擊。」

我懂了。但我大錯已經鑄成，又該如何挽回呢？
「痞子，沒關係，反正到時候我會再陪你喝酒的。
　你有沒有想過，正因為你常失戀，所以你的酒量鍛鍊得非常好。
　從這個角度想，你就不會太難過了。
　正所謂有所得必有所失，這也是『塞翁失馬，焉知非福』的真諦。」

話雖如此，但我這個塞翁，還有多少匹馬可以丟掉呢？

to be continued......

晚上在研究室，繼續爲著論文打拼。
說也奇怪，今晚看到那些熟悉的偏微分方程式，卻一直覺得不順眼。
用幾條簡單的偏微分方程式來解釋自然界的物理現象，就叫科學；
那爲什麼用天上星宿的排列組合來解釋人生，就會叫迷信呢？
科學應該只是解釋眞理的一種方法，
不能用科學解釋的，未必不是眞理。
爲什麼學科學的人，卻往往掉入自己所擅長的邏輯陷阱之中？

那隻討厭的野貓，偏偏又在此時發出那種三長一短的叫聲。
上線吧！反正腦筋已經打結了，程式一定寫不下去。
「痞子...終於看到你了...你好嗎？...:)」

終於？這個形容詞好奇怪。
更奇怪的是，爲什麼這麼晚了她還在線上？
該不會又是心情不好吧？
『是啊...妳我相逢在黑夜的網路上...眞是有緣...』
學學徐志摩，也許她會覺得我還是很浪漫的。

「痞子…跟緣分無關…因為我是刻意從兩點多等到現在的…」
『真的假的？沒事幹嘛等我？』
「我想跟你聊天呀…不然我睡不著…」
『妳得了被害妄想症嗎？非得在睡前受到一點驚嚇才睡得著？』
「:)」
這次的笑臉符號是用全形字打的，看來笑得比較大聲。

「痞子…繼續中午的話題…那你覺得網路上的邂逅如何呢？」
拜託，哪壺不開提哪壺！
中午剛被阿泰訓了一頓，現在怎敢再講？

『網路上的邂逅…很…很…很浪漫啊…』
我果然不擅於說謊，昧著良心時，連打出來的字也會抖。
「痞子…你騙人哦…你又不是浪漫的人…」
完了，快要跟阿泰去喝酒了。

「痞子…說說看嘛…我喜歡聽你扯…」
『既然知道我是扯…何苦還要聽我扯…』
「痞子…這叫知其不可為而為之…也叫明知山有虎…偏向虎山行…」
這傢伙，別的不學，竟學我喜歡亂用成語。
看看馬廄，我只剩下這匹馬了。
該據實以告？還是含混帶過？
我不禁猶豫著。

「痞子…你當機了？還是在發呆？」

『嗯…我在思考今天的太陽爲何如此之圓？』

「別轉移話題…我可是等你一個鐘頭了哦…」

好厲害，連顧左右而言他，

這種國民黨高級官員才會的技巧也會被識破。

『現在很晚了…我怎忍心爲了一己之私…讓妳聽我大放厥詞呢？』

「你的厥詞是"絕詞"…絕妙好詞也…:)」

最後一張拖延戰術的王牌也失效，看來只得屈打成招了。

其實網路上的邂逅，應該可稱之爲浪漫。

因爲浪漫通常帶點不眞實，而網路並不眞實。

所以由此觀之，網路上的邂逅是具備浪漫的條件。

「痞子…網路爲何不眞實？虛幻的應是人性而非網路…不是嗎？」

話雖如此，但由於網路有很安全的防護措施，所以通常會產生三種人。

第一種人會在網路上凸顯其次要性格。

一般人應該具有多重性格，而在日常生活處世中，

所展現的爲主要性格。

次要性格很可能被壓抑，也可能是自己本身並未察覺有這種性格。

但在網路上，代表自己的，已不再是血肉之軀，而是一些英文字母。

少了所有的應酬與必要的應對進退，也少了很多利害關係。

於是豬羊變色，反而在刻意或不自覺的情況下，展現自己的次要性格。
「是這樣嗎？那第二種人呢？」

第二種人會在網路上變成他「希望」成為的那種人。
人性千奇百怪，一定會有某些性格是妳特別欣賞與羨慕的。
但很可惜，這些性格未必為妳所擁有。
於是妳會很希望成為擁有這些性格的另一種人。
而網路正好提供這個機會，讓妳變成這種人。
舉例而言，平常沉默寡言的，在網路上可能會風趣健談。
而害羞文靜的，則很容易變成活潑大方。
「痞子...你在蓋嗎？那第三種人呢？」

我沒臭蓋，這是我一個念台大心理研究所朋友的碩士論文。
第三種人會在網路上變成他「不可能」成為的那種人。
上帝是導演，祂指定妳必須扮演的角色，不管妳喜不喜歡。
而網路上並沒有上帝，因此所有角色皆由妳自導自演。
於是妳很可能在網路上扮演妳日常生活中根本不可能扮演的角色。
舉例而言，妳若是女的，很可能會在網路上變成男人。反之亦然。
或者妳已30歲，很可能會在網路上裝成17歲的幼齒姑娘。反之亦然。
又或者妳明明是恐龍，很可能會在網路上以絕代佳人自居。反之亦然。
「痞子...那你是屬於哪一種人？而我呢？」

我不願意相信妳是第三種人，因為我也不是第三種人。
而由於在網路上第一種人最多，所以妳也不是第一種人。

因爲妳特別。

而讓特別的妳所欣賞的我，自然也有點特別。

所以我們都是第二種人。

「痞子⋯你很臭屁哦⋯那如果我們都是第二種人⋯是好還是壞呢？」

to be continued......

這不是好與壞的問題，而是應不應該的問題。

我們應該要成爲第一種人，而不應該成爲第二或第三種人。

「痞子⋯請繼續放吧⋯小女子洗鼻恭聞⋯:)」

第一種人最眞實。

因爲他所展現的，還是屬於自己的性格。

而且換個角度想，他反而更能挖掘出自己潛在的優點。

例如有很多人在板上寫文章後，才發覺自己有當作家的天分。

也有很多人在板上和人開罵後，才驚訝自己的臉皮厚度不輸立法委員。

於是從網路上得到成長。

第二種人最愚蠢。

因爲他總是羨慕別人的優點，而忘了去欣賞自己本身的優點。

如果他是檸檬，就應該試著去喜歡酸味，而不是去羨慕水蜜桃的甜美。

因爲水蜜桃也可能羨慕檸檬的酸。

「痞子⋯那麼你我都是酸檸檬囉⋯這樣算不算同是天涯淪落人？」

酸則酸矣，淪落則未必。

而且兩個酸檸檬碰在一起，不也挺浪漫？

「痞子...別又假裝浪漫哦...你果然是希望變成浪漫的第二種人...」

好厲害，這樣也會被她抓包。看來她比我酸。

「痞子...My ears will go on...所以也請你go on...:)」

第三種人最可憐。

因為如果他必須變成另一種他不可能成為的人，才能得到樂趣，

那麼無論他能不能得到樂趣，他都無法享受這種樂趣。

而且久而久之，便會得到所謂的「網路性精神分裂」。

他很容易將所有的人際關係與喜怒哀樂，建築在網路上。

一旦離開了網路，便會無所適從。

「痞子...能不能告訴我...為什麼你是第二種人？」

其實也很簡單，主要是因為我平凡。

我身材不高也不矮，長相不醜也不帥，個性不好也不壞。

雖然已習慣於平凡，但有時卻不甘於平凡。

因此網路便成為我讓自己不平凡的最佳工具。

「痞子...可是你剛說你有點特別的...不是嗎？」

平凡加上有點特別，所以是特別平凡。

因此我更希望成為另一種人。

「痞子...那你希望變成誰呢？」
我當然希望像阿泰一樣，浪漫而多情，風趣而健談。
因為這是我所缺乏的。
「那我呢？」

妳？我不知道。
妳想輕舞飛揚，希望盡情揮灑年輕，舞動青春。
但如果這是妳無法做到的希望，那麼只有兩種可能：
一是妳即將老去；二是妳時日無多。

我想我講錯話了，因為她一直沒再傳送任何 Message 過來。
我不禁自責自己的變態，幹嘛扯這些東西？
雖說這是我朋友的碩士論文，但他的口試並未通過。
所以一切都還只是停留在唬爛的階段。
再等等吧！也許她當機了。

記得阿泰有次也是如此，那時他的網友送來一句：
「阿泰...我已經兩個月了...」
阿泰大吃一驚，狼容失色。
他說他一直很小心的，不可能出問題。
難道是那種在超市買的買一送一，還附贈激情持久環的保險套出了問題？
幸好後來她又送來一句：

「Sorry...剛剛當機...我是說我已經兩個月了...沒看到你...
　我很想念你...」

所以我繼續等著。
雖然只過了幾分鐘，但我覺得好像等了數小時之久。
我很想道歉，卻不知從何說起。
直到她傳來這句：
「痞子...伊莎貝爾...我們見面吧...」

我毫不猶豫，輕輕在鍵盤上敲下 O、K 兩鍵。

to be continued......

見面

雖然已經決定要見面，
但我們很有默契地不討論細節。
更有默契的是，
我們都會在深夜三點一刻上線，
然後聊到天亮。

下了線，天也已濛濛亮了。
上次跟她聊天，忘了吃中飯，可謂忘食。
這次跟她聊天，犧牲了睡眠，可謂廢寢。
廢寢與忘食兼而有之，那麼我們應該可以算是有相當程度的熟識了吧！

雖然已經決定要見面，但我們很有默契地不討論細節。
更有默契的是，我們都會在深夜三點一刻上線，然後聊到天亮。
都聊些什麼呢？
我也說不上來，反正到時都會有話說。
但一定不是風花雪月。
也不會是曾文惠是否抽過眼袋脂肪，或連戰是否又踹了連方瑀幾腳。
當然更不會是林志穎是否混過幫派，
或陳進興的入珠到底有幾顆的八卦。

至於姓名，阿泰倒是交代我千萬別問。
「因為問了姓名後，你就得記住。以後女友多了，很容易搞混。」
『那你怎麼區分這些女孩子呢？』
「情聖守則第一條：必須以相同的暱名稱呼不同的女人。
　因為你對一個女孩子感到興趣的原因，不會是名字。
　而且愈是漂亮的女孩子，愈容易被人問姓名，問久了她就會煩。
　所以當你一直不問她名字時，她反而會主動告訴你。」
『她如果主動告訴你名字後，又該如何？』

「Good Question。」

阿泰讚許似地拍拍我的肩膀，一副孺子可教也的模樣。
「首先你得讚美她的名字。形容詞可有四種：
　氣質、特別、好聽、親切。
　如果她的名字只可能在小說中出現，你要說她的名字很有氣質；
　如果她的名字像男生，或是很奇怪，你要說她的名字很特別；
　如果她的名字實在是普普通通，乏善可陳，你要說她的名字很好聽；
　如果她的名字很通俗，到處可見，你要說她的名字很親切。」

阿泰喝了口水，接著說：
「然後你不用刻意去記，因為如果你很喜歡這女孩，你自然會記得。
　你若不怎麼喜歡，那麼記了也沒用。」
這有點玄，聽不太懂。

「痞子，因為女孩子若打電話給你，很喜歡讓你猜猜她是誰？
　一方面是好玩，另一方面也想測試你是否還有別的女人。
　萬一你猜錯，或根本忘了她是誰，那怎麼辦？
　所以你一律稱呼她們為『寶寶』或『貝貝』就對了。
　這就叫做『以不變應萬變』。」

阿泰拿出一本他所謂的『罹難者手冊』，
裡面記載著被他征服過的女孩。
「痞子，你看看，這裡面的女孩子都沒有姓名。
　基本上我是用身高體重和三圍來加以編號，並依個性分為五大類：
　『B』為潑辣，『C』為冷酷，『H』為熱情，『N』為天真，

『T』為溫柔。」

然後阿泰將手指往右移，移到備註欄上。
「備註欄寫上生日和初吻發生的時間、地點，還有我挨了幾個巴掌，
　以及當時的天候狀況、她的穿著與口紅的顏色。」
太誇張了吧！這樣也能混？

「痞子，所以我說你道行太淺，天底下絕對沒有一個女孩子會相信，
　你能記得初吻的細節，卻忘了她姓名的荒誕事。
　即使你此時不小心叫錯她的名字，她也會認為你在開玩笑，
　於是會輕輕打一下你的肩膀，然後說：你好壞。」

「痞子，千萬要記得，大丈夫能屈能伸，這一下你一定要挨。
　然後要說：對，我實在是很壞。
　最好再加上一句：我是說真的。
　女孩子很奇怪，你明明已經承認你很壞了，
　她反而會覺得你很善良有趣。
　過了這關後，你就不會有良心上的譴責了。」

是嗎？為什麼呢？
「你已經告訴她實話，又說明了你的危險性，
　她若要飛蛾撲火也只好由她。
　姜太公都已經不怎麼想釣魚了，魚兒還是硬要上鉤，

你能有什麼辦法。」
阿泰說完，雙手一攤，一副無可奈何的樣子。

「痞子，你不要以為我很隨便。所謂盜亦有道，我其實是很有原則的。
　我的原則是不到最後關頭，絕不輕易欺騙女孩子。」
我聽你在放屁，你若有原則，那宮雪花就會是純情少女了。

「痞子，我再舉例來說明我的原則。
　女孩子常喜歡問我一些問題，其中最棘手與最麻煩的問題就是：
　你是不是還有別的女朋友？和你以前到底交往過多少個女朋友？」
沒錯，這兩個問題對阿泰而言，都是致命傷。
我不相信他能安全下莊而不撒謊。

「第一個問題的答案很簡單，我當然老實說我還有其他的女朋友，
　而她們的名字都叫『貝貝』，因為我一直稱呼我的女友們為貝貝。
　但問我問題的女孩子，會以為我都是在說她。
　於是通常會帶點歉意對我說：對不起，我誤會你了。」

這麼好混？我不太相信。
「當然有一些比較難纏的女孩子，仍然會不太相信。
　這時我就會發誓，而且愈毒愈好。
　因為我是說實話，也不怕遭報應。」

「至於第二個問題就比較高難度了。我會告訴她：妳先說。
　如果她不說，皆大歡喜；
　如果她說了，我就會說：既然妳已說給我，何苦還要聽我說。
　有時幸運點，可以混過去。
　萬一她又追問 Why？我會回答：聽到妳過去的情史，
　使得愛妳的我內心多了一份嫉妒，也多了一份痛苦。
　我不願同樣的嫉妒與痛苦，加諸在我愛的女孩身上。」

阿泰露出微笑，說：
「這時應該已經混過去，但如果她就是要我說，我只好說：
　好，我招了。我一直以為在我的生命中，出現了 XX 個女孩。
　但直到遇見妳，我才發現這些女孩根本不曾存在過。」

to be continued......

『阿泰，你這樣不會太濫情嗎？』
「非也非也，我這樣叫多情。」
『多情和濫情還不都是一樣。』
「痞子，這怎麼會一樣？差一個字就不是純潔了喔！」
『啊？』

「多情與濫情雖然都有個情字，但差別在『多』與『濫』。

多也者，豐富充足也；濫也者，浪費亂用也。
多未必會濫，濫也未必一定要多。
就像有錢人未必愛亂花錢，而愛亂花錢的也未必是有錢人。
但大家都覺得有錢人一定愛亂花錢，
其實有錢人只是有很多錢可花而已。
有沒有錢是能力問題，但亂不亂花卻是個性問題。
所以由此觀之，我算是一個很吝嗇的有錢人。」

開什麼玩笑？如果阿泰這樣叫吝嗇，那我叫啥？
「痞子，你當然比我吝嗇。不過那是因為你根本沒錢可花的緣故。」
Shit！阿泰又藉機損我一頓。
「痞子，其實對女孩子真正危險的，不是像我這種吝嗇的有錢人。
　而是明明沒錢卻到處亂花錢並假裝很有錢的人。」
阿泰如果還不危險，那我就是國家安全局的局長了。

「好了，今天的機會教育就到此，
　我現在要去赴C-163-47-33-23-32的約。
　總之，你別問她的名字。
　『不聽情聖言，失戀在眼前』，懂嗎？痞子。」
阿泰唱著〈我現在要出征〉，然後離開了研究室。

看在阿泰這麼苦口婆心的面子上，我只好聽他的勸。
因此我一直不知道輕舞飛揚的芳名。
而她也是一樣，並不問我的名字。

難道也有個女阿泰？我常常這麼納悶著。

深夜三點一刻已到，又該上工了。

「痞子...今天過得好嗎？...:)」

其實我的生活是很機械而單純的，

所以我對生活的要求是：不求有功、但求無過，

只要沒發生什麼倒楣事，那就是很幸運了。

「痞子...那你今天倒楣嗎？」

『今天還好...前幾天氣候不穩定...染上點風寒...』

「那你好點了嗎？還有力氣打字嗎？我很關心的哦...」

『早就好了...除了還有點頭痛發燒咳嗽流鼻水喉嚨痛和上吐下瀉外...』

「痞子...你真的很痞耶...你到底好了沒？」

『只要能看到妳...自然會不藥而癒...』

「:)」

又是這種全形字的笑臉符號。

這傢伙，我鼓起勇氣暗示她該討論見面的細節了，她竟然無動於衷。

『那妳今天過得好嗎？美麗的輕舞飛揚小姐...』

輪到我發問了，在網路上聊天時，不能只處於挨打的角色。

而且我覺得今晚的她，有點奇怪。

「痞子...其實跟你聊天是我一天中最快樂的時間...」

她沒頭沒腦地送來這句，我的呼吸突然間變得急促了起來。

是緊張嗎？好像不是。

跟她在一起，只有自然，沒有緊張。

應該是有點感動吧！

我總算對得起那些因爲半夜跟她聊天而長出的痘子們。

「痘子...所以我很怕見了面後...我們就不會在這麼深的夜裡聊天...」

『姑娘何出此言？』

「你很笨哦...那表示我長得不可愛...怕你失望而見光死...」

『那有什麼關係？反正我長得也不帥...』

「那不一樣...你沒聽過郎才女貌嗎？你有才我當然得有貌...」

『我又有什麼狗屁才情了？妳不要再混了...見面再說...』

「你講話有點粗魯哦...我好歹也是個淑女...雖然是沒貌的淑女...」

『狗屁怎會粗魯？粗的應該是狗的那隻...腿吧...狗屁只是臭而已...』

「你講話好像跟一般正常人不太一樣哦...我真是遇人不"俗"...」

『幹嘛還好像...我本來就不正常...』

「痘子...再給我一個見你面的理由吧！」

『那還不簡單...妳因爲不可愛所以沒有美貌...

　我則因講話粗魯所以沒有禮貌...

　"同是天涯沒貌人，相逢何必太龜毛"...所以非見面不可...』

第一次的
親密接觸

「:)...好吧！你挑個時間...」

『揀日不如撞日...就是今晚七點半...地點輪妳挑...』

「大學路麥當勞...那裡比較亮...你才不會被嚇到...」

『OK...但妳要先吃完飯...我不想人財兩失...』

「痞子...你真的是欠罵哦...」

to be continued......

『我怎麼認妳？妳千萬不要叫我拿一朵玫瑰花當作信物...』
拿朵花等個未曾謀面的人，那實在是一大蠢事，而且很容易被放鴿子。
聽說張學友以前常被放鴿子，不然他幹嘛要唱：
「我等到花兒也謝了」？

「我穿咖啡色休閒鞋...咖啡色襪子...咖啡色小喇叭褲...
　咖啡色毛線衣...再背個咖啡色的背包...」
這麼狠！輸人不輸陣，我也不甘示弱：
『我穿藍色運動鞋...藍色襪子...藍色牛仔褲...
　藍色長袖襯衫...再背個藍色的書包...』
除了藍色書包得向學弟借外，其他的裝備倒是沒有問題。

「痞子...你還是輸了哦...我頭髮也挑染成咖啡色的呢...:)」
『妳既然"挑染"...那我只好也"挑藍"色的內褲來穿...』
「痞子...你少無聊了...輸了就要認...」

我怎麼可能會輸？
我真的有一套彩虹系列的內褲，紅橙黃綠藍靛紫，七色俱全。
剛好滿足一星期七天的需求，可謂「上應天數」。
因為我是典型的悶騷天蠍座，外表樸素，內在卻豔麗得很。
而且如果不小心忘了今天是星期幾時，看一下內褲就知道了。

「痞子...你先去收驚一下...待會見囉！」
『我會的...那妳是否也該去收驚呢？』
「我倒是不用...因為我本來就對你的長相不抱任何期望...」
horse's！臨走時還要將我一軍。

「痞子...我得早點睡...不然睡眠不足會讓我看起來很恐怖...」
『妳放心好了...如果妳看起來很恐怖...那絕對不是睡眠不足的緣故...』
大丈夫有仇必報，所以我也回將她一軍。

「那我先睡了...你也早點睡...:)」
『好啊...我們一起睡吧...』
「痞子...你占我便宜...」
『非也非也...我所謂的"一起"...是時間上的一起...
　　不是地點上的一起...』
「你怎麼說怎麼對...睡眠不足可是美容的天敵...晚安...痞子...:)」

離了線，本想好好地睡一覺，但翻來覆去，總是睡得不安穩。

迷迷糊糊中，好像變成《侏儸紀公園》裡那個被迅猛龍追逐的小男孩。

「痞子，吃中飯了。」

幸好阿泰及時叫醒我，救了我一命。

『阿泰，我今晚要跟輕舞飛揚見面。有點緊張，吃不下。』

「痞子，那你更應該吃飽飯，才有力氣逃生。」

『阿泰，別鬧了。給點建議吧！』

「痞子，你知道嗎？船在接近岸壁時，由於水波的反射作用，
　會使船垂直於岸壁。」

『所以呢？』

「所以這叫做『船到橋頭自然直』。別擔心，痞子。」

雖然有科學上的佐證，但我仍然是很緊張。

看看手錶，時間差不多了。

『阿泰，我要走了。』

「痞子，call機記得帶，我會罩你的。」

『我不想帶。無論如何，我想跟她好好地聊一聊。』

阿泰雙眼睜得很大，然後大聲說：

「荊軻！你放心地去吧！風蕭蕭兮易水寒，壯士一去兮不復還。」

『阿泰，你能不能說點好聽的？』

「沒問題，我待會去買酒。等你回來喝。」

『Shit！你怎麼知道我一定會失戀？』
「痞子，你誤會了。我買酒回來是準備晚上幫你慶功的。」

雖然知道阿泰是挖苦我，不過現在也沒有心情跟他抬槓了。

to be continued......

咖啡哲學

我的鞋襪顏色很深，像是重度烘焙的炭燒咖啡，焦、苦不帶酸。

小喇叭褲顏色稍淺，像是風味獨特的摩卡咖啡，酸味較強。

毛線衣的顏色更淺，像是柔順細膩的藍山咖啡，香醇精緻。

而我背包的顏色內深外淺，並點綴著裝飾品，

則像是 Cappuccino 咖啡；

表面浮上新鮮牛奶，並撒上迷人的肉桂粉，

既甘醇甜美卻又濃郁強烈。

晚上7點半，這種時間來見從未見過面的人，是非常完美的。

通常這時大家都已吃完晚飯，所以不必費神去思考到哪兒吃的問題。

不然光是決定吃什麼，就得耗去大半個小時。

而且重點是，吃飯得花較多的錢。

對我這種窮學生而言，「兵不血刃」是很重要的。

既然約在麥當勞，那麼等會乾脆直接進去麥當勞。

兩杯可樂，一份薯條就可以打發。可樂還不必叫大杯的。

而且也不用擔心吃相是否難看的問題。

記得阿泰有次和一個女孩子吃排餐，結果那女孩太緊張，

刀子一切，整塊牛排往阿泰臉上飛去。

所以第一次見面最好別吃飯。

如果一定要吃飯，也絕不能吃排餐。

萬一雙方一言不合，才不會有生命的危險。

「痞子，你來得真早。」

當我正在發呆時，有個女孩從背後輕輕拍了一下我的肩膀。

雖然早已經有了心理準備，但我仍然被眼前的這位女孩所震驚。

如果不是她的咖啡色穿著，和叫我的那一聲痞子。

我會以為她只是來問路的。

在今天以前，我一直以為美女只存在於電視和電影中，

或是在過馬路時，匆匆地與你擦身而過。

而她，真的是很美。

有些女孩的美麗，是因人而異。換言之，你認為美的，我未必贊同。

但我肯定沒有人會質疑這個女孩子的美麗。

我沒有很高的文學造詣，所以要形容一個非常美麗的女子時，

就只有閉月羞花、沉魚落雁、國色天香和傾國傾城之類的老套。

只怪我是學工程的，總希望美麗是可以公式計算或用儀器測量。

但美麗畢竟只是美麗。

美麗是感性，而不是理性。

在成大，故老相傳著一句話：

「自古紅顏多薄命，成大女生萬萬歲。」

如果一個女子的壽命真的跟她的美貌成反比，

那麼輕舞飛揚一定很短命。

這麼美麗的女子，是不應該和我的生活圈子有所交集。

也許是所謂的「物極必反」吧！

正因為我極度被她的美麗所震驚，所以我反而變得很平靜。

『吃過飯了吧？我們進去麥當勞裡面再聊。』

「痞子，你果然高竿哦。這樣不失為省錢的好方法。」

被她洞悉我的用心，我只好傻笑著裝出一副無辜的樣子。

看在她這麼美麗的份上，可樂只好點大杯的，薯條也叫了兩份。
「痞子，這次你請我，下次我讓你請。」
開玩笑，我當然聽得出來她在占我便宜。
但我高興的是，她說了「下次」。
那表示還會有下次。
我不由得感到一陣興奮。

「痞子，你信教嗎？我是虔誠的基督徒，不介意我禱告吧！」
『我是拿香拜拜的，不算信教。但我可以陪妳禱告。』
「痞子，你不要學梁詠琪的廣告說：希望世界和平哦。」
『當然不會。我要為我皮夾中陣亡的一百元鈔票祈禱，
　希望它能安息。』
「呵呵，痞子。你真的是很小氣。」
我第一次聽見她的笑聲，清清脆脆的，像炸得酥脆的麥當勞薯條。

「痞子，你看到我後，是不是很失望呢？」
看到美女如果還會失望，那看到一般女孩不就絕望得想跳樓？
『妳為什麼會覺得我該失望？』
「因為我跟你說過我長得不可愛呀！所以你看到我後，一定很失望。」
原來她拐彎抹角，就是想暗示說她長得其實是很可愛的。

『那為什麼妳要騙我說妳長得並不可愛呢？』
「痞子，我只說我不可愛，我可沒說我不漂亮。」
這小姑娘說話的調調竟然跟我好像。

只可惜她太漂亮，不然當個痞子一定綽綽有餘。

「痞子，你也長得很斯文呀！不像你形容的那樣不堪入目。」
斯文？這種形容詞其實是很混的。
對很多女孩子而言，斯文的意思跟呆滯是沒什麼兩樣的。

to be continued......

我開始打量著坐在我面前的這位美麗的女孩。
美麗其實是一種很含糊的形容詞，因為美麗是有很多種的。
也許像冷若冰霜的小龍女；也許像清新脫俗的王語嫣。
也許像天真無邪的香香公主；也許像刁蠻任性的趙敏。
也許像聰慧狡黠的黃蓉；也許像情深義重的任盈盈。

但她都不像。
幸好她都不像，所以她不是小說中的人物。
她屬於現實的生活。

第一眼看到她時，我就被她的臉孔勾去了兩魂，
被她的聲音奪走了六魄。
只剩下一魂一魄的我，根本來不及看清楚她身材的高矮胖瘦。
如今我終於可以仔細地端詳她的一切。

她很瘦，然而並非是弱不禁風的那種。
她的膚色很白，由於我沒看過雪，因此也不敢用「雪白」這種形容詞。
但因為她穿著一身咖啡色，於是讓我聯想到鮮奶油。
所以她就像是一杯香濃的咖啡。

她現在坐著，我無法判斷她的身高。
不過剛剛在點餐時，我看著她的眼睛，視線的俯角約20度。
我們六隻眼睛（我有四隻）的距離約20公分。
所以我和她身高的差異約 =20*tan20度 =7.3。
我171，因此她約164。
至於她的頭髮，超過肩膀10公分，雖還不到腰，但也算是很長了。
等等，她不是說頭髮已經挑染成咖啡色了，為何還是烏黑亮麗？

『妳的頭髮很黑啊！哪裡有挑染成咖啡色的呢？』
「痞子，挑染也者，挑幾撮頭髮來染一染是也。
　因為我覺得好玩，所以我自己染了幾撮頭髮來意思意思。
　你覺得好看嗎？」

她把頭髮輕輕撥到胸前，然後指給我看。
的確是「萬黑叢中一點咖啡」。
而且美女畢竟是美女，連隨手撥弄頭髮的儀態也是非常撩人。
『當然好看，妳即使理光頭，也是一樣明豔動人。』

「呵呵，痞子。別太誇獎我，我會驕傲的。不過你是慧眼啦！」

我又聽見了她的笑聲。
古人常用「黃鶯出谷」和「乳燕歸巢」來形容聲音的甜美。
但這兩種鳥叫聲我都沒聽過，所以用來形容她的聲音是不科學的。
還是脆而不膩的麥當勞薯條比較貼切。
她的笑聲，就像沾了蕃茄醬的薯條，清脆中帶點酸甜。

『妳為何會偏愛咖啡色呢？』
「因為我很喜歡喝咖啡呀！我最愛喝的就是曼巴咖啡。」
『我也常常喝咖啡，但我不懂"曼巴"是什麼？』
「曼巴就是曼特寧咖啡加巴西咖啡嘛！」
『喔，原來如此。那藍山咖啡加巴西咖啡不就叫做"藍巴"？』
「呵呵，痞子。你在美女面前也敢這麼痞，我不禁要讚賞你的勇氣。」

『妳穿著一身咖啡色，不會覺得很奇怪嗎？』
這是我最大的疑問。如果不知道謎底，我一定會睡不著覺。
總不至於愛喝咖啡就得穿一身咖啡色吧？
如果照這種邏輯，那愛喝西瓜汁就得一身紅；愛喝綠茶就得一身綠；
那愛喝汽水的，不就什麼顏色的衣服都不用穿了？

「痞子，你聽過"咖啡哲學"嗎？」
『這是一家連鎖咖啡店，我當然聽過。』

「此哲學非彼哲學也，我的穿著就是一套咖啡哲學。閣下想聽嗎？」
『有……有話請講。在下願聞其詳。』
差點忘了對方是個美女，趕緊把「有屁快放」吃到肚子裡。

「即使全是咖啡，也會因烘焙技巧和香、甘、醇、苦、酸的口感
　而有差異。
　我的鞋襪顏色很深，像是重度烘焙的炭燒咖啡，焦、苦不帶酸。
　小喇叭褲顏色稍淺，像是風味獨特的摩卡咖啡，酸味較強。
　毛線衣的顏色更淺，像是柔順細膩的藍山咖啡，香醇精緻。
　而我背包的顏色內深外淺，並點綴著裝飾品，
　則像是Cappuccino咖啡；
　表面浮上新鮮牛奶，並撒上迷人的肉桂粉，
　既甘醇甜美卻又濃郁強烈。」

我愣了半晌，說不出話來。
我不禁再次打量著坐在我面前的這位美麗女孩。
在今晚以前，她只不過是網路上的一個遊魂而已。
只有ID，沒有血肉。
如今她卻活生生地坐在我面前，跟我說話、對我微笑、揭我瘡疤。

直到此刻，我才有做夢的感覺。
或者應該說是打從在麥當勞門口見到她時，我就已經在做夢了。

只是現在我才發覺是在夢境裡。

to be continued......

「呵呵，痞子，你又當機了嗎？你idle了好久哦。」
又不是在網路上，當什麼機？
不過她的笑聲倒是又把我拉回了現實。

『我在思考一個合適的形容詞來讚美妳的冰雪聰明。』
「狗腿也沒有用哦！輪到你說你一身藍色的原因，不然你就要認輸。」
認輸？開什麼玩笑，蔡某人的字典裡沒有這兩個字。

藍色的確是我的最愛，但怎麼辦呢？
她剛剛的那套「咖啡哲學」掰得真好，看來她的智商不遜於她的外表。
既然她以哲學為題，那我乾脆用力學接招吧！
『因為我念流體力學，而水流通常是藍色的，所以我喜歡藍色……』

「然後呢？Mr.痞子，不要太逞強哦！輸給美女又不是件丟臉的事。
　而且英雄難過美人關，不是嗎？」
她輕輕咬著吸管，似笑非笑地看著我。

這招夠毒。

如果我過了這關，就表示我不是英雄；

但過不了這關，縱然是英雄，也只是個認輸的英雄。

管他的，反正我只是個痞子，又不是什麼英雄好漢。

『即使全是水流，也會因天候狀況和冷、熱、深、淺、髒的環境
　而有差異。

　我的鞋襪顏色很深，像是太平洋的海水，深沉憂鬱。

　牛仔褲顏色稍淺，又有點泛白，像漂著冰山的北極海水，陰冷詭譎。

　襯衫的顏色更淺，像是室內游泳池的池水，清澈明亮。

　而我書包的顏色外深內淺，並有深綠的背帶，

　就像是澄清湖的湖水；

　表面浮上幾尾活魚，並有兩岸楊柳的倒影，

　既活潑生動卻又幽靜典雅。』

這次輪到她當機了。

看到她也是很仔細地打量著我，我不禁懷疑她是否也覺得在做夢？

但我相信我的外表是不足以讓她產生做夢的感覺。

即使她也同時在做夢，我仍然有把握我的夢會比她的夢甜美。

「呵呵，痞子。算你過關了。」

『過關有獎品嗎？要不然獎金也可以。』

「當然有獎品呀！我不是正在對你微笑嗎？」

『這的確是最好的獎品。但太貴重了，我也笑幾個還妳。』

「痞子，美女才能一笑傾城。
　你笑的話，可能只會傾掉我手中的這杯可樂。」
※＆＠＃☆……

「痞子，我唸外文。你呢？」
『弟本布衣，就讀於水利。苟全成績於系上，不求聞達於網路。』
「痞子，你幹嘛學諸葛亮的出師表？」
『我以爲這樣會使我看起來好像比較有學問。』
「幹嘛還好像，你本來就很有學問呀！」
沒想到她竟開始學起我說話的語氣。
但同樣一句很機車的話，爲什麼由她說來卻令人如此舒服？

「痞子，我3月15出生，是雙魚座。你呢？」
『我11月13出生，是天蠍座。問這幹嘛？』
「我只想知道我們合不合嘛！」
『天底下沒有不合的星座，只有不合的人。』
「夠酷的回答。讓我們爲這句話痛快地乾一杯吧！」
她舉起盛著可樂的杯子，學著武俠小說的人物，作勢要乾杯。

看到一個活潑可愛的女孩子，學男人裝豪邁，是件很好玩的事。
所以我也舉起同樣盛著可樂的杯子，與她乾杯。
也因此我碰到了她的手指。
大概是因爲可樂的關係吧！她的手指異常冰冷。
這是我第一次接觸到她。

然後在我腦海裡閃過的，是「親密」兩個字。

為什麼是「親密」？而不是「親蜜」？
蜜者，甜蜜也。密者，祕密也。
如果每個人的內心，都像是鎖了很多祕密的倉庫。
那麼如果你夠幸運的話，在你一生當中，
你會碰到幾個人握有可以打開你內心倉庫的鑰匙。
但很多人終其一生，內心的倉庫卻始終未曾被開啟。

而當我接觸到她冰冷的手指時，我發覺那是把鑰匙。
一把開啟我內心倉庫的鑰匙。

to be continued......

「痞子，那你平常做何消遣？」
她放下杯子，又開口問我。
我的思緒立刻由倉庫回到眼前。

『除了念書外，大概就是電視、電影和武俠小說而已。』
「你都看哪種電影？」
『我最愛看A片。』
「痞子，美女也是會踹人的哦！」

『姑娘誤會了。A片也者，American片是也。A片是簡稱。』

「既然你這麼說，那我們下次一起去看A片吧！」
大概是她的音量有點大，所以隔壁桌的一對男女訝異地望著我們。
而她也自覺失了言，聳了聳肩膀、吐了吐舌頭。
「痞子，都是你害的。」
真是的，自己眼睛斜還怪桌子歪。

「那你都不聽音樂會？或歌劇、舞台劇之類的？美術展也不看？」
『聽音樂會我會想睡覺，歌劇和舞台劇我又看不懂。
　美術展除非是裸女圖，不然我也不看。
　而且如果要看裸女，*PLAYBOY*和*PENTHOUSE*裡多的是，
　既寫實又逼真，何必去看別人用畫的。』

「痞子，你可真老實。你不怕這樣說我會覺得你沒水準？」
『子曰：知之為知之，不知為不知，是知也。
　不懂就不懂，幹嘛要裝懂？
　更何況既然說是消遣，當然愈輕鬆愈好，
　又不是要用來提高自己的水準。』

「痞子，你真的是所謂的"一言九頂"哦。我講一句，你頂九句。」
『喔。那我應該如何？』
「你應該開始學著欣賞音樂會，還有歌劇和舞台劇，以及美術展。」

『幹嘛？』
「這樣我下次才有伴可以陪我去看呀！」
會的，爲了妳，我會學習的。
我在心裡這麼告訴我自己。

「痞子，我們下次也一起喝咖啡。好嗎？」
『等等。妳今天說了很多 "下次" 喔。那下次我們到底是吃飯？
　看Ａ片？聽音樂會？看歌劇舞台劇或美術展？還是喝咖啡？』
「呵呵，我怎麼也學李登輝一樣亂開支票。這樣吧！讓你選。」
『單選題還是複選題？』

「痞子，你想得美唷！只能選一樣。」
『那看Ａ片好了。』
「痞子，你應該選擇聽音樂會的。因爲聽完音樂會後，
　我會想喝杯咖啡。喝完咖啡後精神很好，就會想看場電影。
　看完電影後肚子餓了，就會想吃飯。
　唉！我實在爲你覺得相當惋惜。」

怎麼會惋惜？我倒覺得很慶幸。
不然一下子做了這麼多事，我皮夾裡的三軍將士不就全軍覆沒了？
「哇！慘了，快12點了，我得趕快走人了。」
她看一下手錶，然後叫了起來。

『妳該不會住在學校宿舍吧？如果是的話，已經超過11點半了。』
「我在外面租房子，所以不擔心這個。」
『那妳擔心什麼？擔心我會變狼人？今晚又不是滿月。』
「痞子，《仙履奇緣》裡的灰姑娘到了午夜12點，是會變回原形的。」
『那沒關係。妳留下一隻鞋子，我自然會去找妳。』
「既然你這麼說，那我只好……」
她竟然真的彎下身去，不過她卻是把鞋帶綁得更緊一點。

推開了麥當勞大門，午夜的大學路，變得格外冷清。
『妳住哪？我送妳。』
「就在隔壁的勝利路而已，很近。」
我們走著走著，她在一輛腳踏車前停了下來。
不會吧？連腳踏車也是咖啡色的！

「咖啡色的車身，白色的座墊，像是溫合的法式牛奶咖啡。
　這是最適合形容柔順浪漫的雙魚座個性的咖啡了。
　痞子，輪到你了。」

她竟然還留這麼一手，難怪人家說「最毒婦人心」。
不過，天助我也。因為我的機車是一輛老舊破爛的藍色野狼。
『藍色的油缸，黑色的座墊，像是漂滿油污的高雄港海水。
　這是最適合形容外表涼薄內心深情的天蠍座個性的水了。』

第一次的
親密接觸

「痞子，恭喜你。你可以正式開始約我了。」
到了她家樓下，她突然說出這句讓我感到晴天霹靂的話。
「晴天霹靂」原本是不好的形容詞，但因為我愛雨天，
所以霹靂一下反而好。

『明天下午1點，這裡見。我的老規矩，妳先吃完飯。』
「OK，沒問題。我的老規矩，你請客。」

她轉身打開了公寓大門，然後再回頭對我傾城一笑。
我抬起頭，看到四樓由陰暗轉為明亮。
我放心地踩動我的藍色野狼，離開了這條巷子。

to be continued......

距離

在網路上，妳根本無法看到對方的表情，聽到對方的語氣，
所以只好將喜怒哀樂用簡單的符號表示。
但如果喜怒哀樂真能用符號表示的話，
就不會叫做喜怒哀樂了。
換言之，當對方送來任何一種笑臉符號時，
誰又能把握他正在笑呢？
因此對陌生的兩個人而言，
網路有時只能縮短認識的時間而已，
未必能拉近彼此的距離。

第一次的 親密接觸

我精神恍惚地回到系館，爬到位於三樓的研究室。
今天才知道，一樓到三樓，共有53階樓梯。

坐在pc前，凝視著空白的螢幕，腦海裡同樣也是一片空白。
我所受到的訓練，只是教我如何分辨亞臨界流和超臨界流；
至於現實與夢境之分，我不曉得該用哪一條方程式去判斷。

「荊軻！荊軻你竟然還能活著回來？秦王的頭呢？」
幸好是看到阿泰，我終於知道我現在不是在夢境裡。
因為我沒那麼倒楣，阿泰這傢伙是不可能出現在我的夢境裡。
「唉！可憐的痞子。你一定是『驚豔』了，被她的外表嚇死了吧！」

『嘿嘿，阿泰，我的確是驚豔。不過是驚喜的驚，而非驚恐的驚。』
阿泰突然放下手中的兩瓶麒麟啤酒，露出懷疑的眼神。
「真的假的？那豈不是一朵鮮花插在……」
我暗運內力，準備當聽到「牛糞」兩個字時，給他一記降龍十八掌。
「插在一個高雅的花瓶中。果真是英雄美女、才子佳人，相得益彰啊！」
阿泰果然了得，雖然有張毒辣的嘴巴，但同時還有靈敏的反應。

「痞子，說說看，長得如何？什麼系的？」
『她念外文。至於長相，大概可以讓你的六宮粉黛無顏色。』
「不可能吧？自從小萍那一屆畢業後，外文系已經每下愈況，
　後繼無人了。而且在我的轄區內，怎麼可能會有我不認識的美女？」

『阿泰，我想你已經老了。"江山代有美女出，各領風騷好幾年"。
　美女這東西，就像"長江後浪推前浪"一樣，
　一浪接著一浪，數不完的。』
「說得也是。不過我實在不相信成大女生的浪會有多高。」

說真的，我也不相信。
套句我的專業術語，成大女生可以「碎波」來形容。
所謂的碎波就是波浪由深海傳遞至淺海時，由於水深變淺所導致。
因為成大的水深太淺了，所以可算是有名的「碎波帶」。

「不過美女也實在夠慘。俗話說：癡漢偏騎良馬走，巧妻常伴拙夫眠。
　由此觀之，紅顏果真薄命也。」
『阿泰，人家說我有才氣呢。我們這算是名符其實的郎才女貌。』

「痞子，這是應酬的場面話，不要太當真。
　你又不是我，怎麼會有才氣？
　照我看來，你們算是 Beauty and Beast，
　現實生活版的美女與野獸。」
『我是 Beast，那你呢？』
「我比你少一個 a，所以我是 Best。」

阿泰竟然處處跟我作對，看來他今晚的約會一定是刀光劍影。

『阿泰，你今天的約會很慘吧？』

「喔，你是說B-161-48-34-25-33這個女孩嗎？」

阿泰摸了摸他的左臉頰：「我挨了她一個巴掌。」

『哈哈哈！你一定是未經許可，就想吻她，所以才挨打吧？』

「不是的。是我得到了她的允許，卻還不肯吻。」

※＆＠＃☆……

【註】：這句話即是所謂的十元買早餐，八元買豆干。

「我是說真的，因為我不喜歡她口紅的顏色。」

哇勒！連口紅顏色也挑，太挑食了吧！

難怪很多人常感嘆這世間有些人一無所有，有些人卻得到太多。

「痞子，俗話說：千軍易得，一將難求。

　又說：兵貴精不貴多。所以你算是好狗運，比我幸運多了。」

『可是我覺得我沒辦法搞定她，她有點古靈精怪，常喜歡考我。』

「痞子，你沒聽說過：將在謀不在勇嗎？

　雖然你無勇無謀，但有我這個智勇雙全的人幫你，你放心好了，

　不要擔心我的能力。」

我擔心的不是你的能力，而是你的個性。

「痞子，別開玩笑了。『朋友妻，不可欺』，我會是那種人嗎？」

你是那種覺得「朋友妻，不欺，朋友會生氣」的那種人。
「痞子，別鬧了。快告訴我，還發生了什麼事？」
反正就是聊天嘛！還能幹嘛？

「那她有沒有罵你？」
她幹嘛罵我？我一不油腔滑調，二不毛手毛腳，又不像你。
「痞子，那你要走的路還很長喔！」
是嗎？我又不是變態，為什麼一定要挨罵才會痛快呢？

「痞子，你有沒有聽過『愛之深，責之切』這句話？」
『阿泰，有屁就快放。別老是翹起屁股，然後停頓下來。』
「這句話的意思就是說，當一個女孩子愛你愈『深』時，
　她責備你時就愈會咬牙『切』齒。」

那怎麼辦？
她今天一直在笑，除了我講Ａ片時，她稍微瞪我一下。
「那還好，聊勝於無。有瞪總比沒瞪好。」

我沒有告訴阿泰，即使她瞪著我，
我仍然覺得她的眼神裡，滿是笑意。

to be continued......

「痞子，既然你沒什麼失戀的感覺，那啤酒就不用喝了。」
其實這是我跟阿泰之間的默契，酒確實是失戀時的天敵。
但是失戀程度應該和酒精濃度成反比，亦即愈是失戀，喝的酒愈淡。
不然當你失戀時是很容意酗酒的，喝太多烈酒豈不傷心傷肝又傷身？
所以我常喝酒精濃度最淡的生啤酒，但特殊日子不在此限。
因此中國情人節失戀時可喝高粱，西洋情人節失戀時則喝XO。

「痞子，我們改喝SUNTORY的角瓶威士忌吧！」
『那這兩瓶麒麟啤酒呢？』
「先冰著。反正過兩天你大概就可以喝了。」
『Shit！你那麼有把握我一定會失戀？』
「痞子，我是就事論事，不是做人身攻擊。
　我實在找不出你不失戀的理由。」

阿泰倒了兩杯SUNTORY，金黃色的威士忌，跟他襯衫的顏色好像。
『像太陽般金黃色的酒漿，有稜有角的冰塊和酒杯，
　這是最適合形容樂觀開朗、正直坦率的射手座個性的酒了。』
「痞子，你腦袋秀逗了嗎？」
『Sorry，我這是被輕舞飛揚訓練出來的反射動作。
　看到有顏色的飲料，就得聯想到星座特質。』

「痞子，那輕舞飛揚是屬於什麼型的？

B？C？H？N？ or T？」
『都不像。她比較像 S 型。』
「又不是考汽車駕照，那來的 S 型？」
『聰明慧黠型。英文叫 Smart，所以是 S 型。』
「痞子，不會分類就不要亂分。
　你如果說是 S 型，人家會以為是 Sexy。」
人家？大概只有你這種思想邪惡的人吧！

『阿泰，明天我要和她去看電影。有沒有什麼好片？』
「問我就對了。最近剛上映的《鐵達尼號》，已經造成轟動了。
　而且這部片子也變成另一種判斷性別的指標了。」
『判斷性別？你在扯啥？』
「痞子，最近流行一句話：看鐵達尼而不哭泣者，其人必不是女的。」
不會這麼誇張吧？我怎麼都沒聽過？

「痞子，你不是江湖中的人物，所以這種事你是不會知道的。
　《鐵達尼號》我已經看了三遍，當然是跟三個不同的女孩子。
　包括今晚的 B-161-48-34-25-33、昨晚的 C-163-47-33-23-32、
　還有上星期的 T-160-43-32-24-32。
　她們的第一志願就是《鐵達尼號》。」
『好看嗎？』

「女主角胖了一點，尤其是腰部。不過胸部還不錯，臀部也頗具風味。」
『我是問你電影情節，你扯女主角的身材幹嘛？』

「喔！抱歉，我日本 AV 片看太多了。而 AV 片的好看與否，
　跟情節是無關的，只跟女演員的身材好壞、長相美醜與叫聲大小
　有密切相關。
　所以淺倉舞、飯島愛、憂木瞳和白石瞳才會那麼有名。」

『阿泰，快告訴我電影情節！別再扯一些有的沒的。』
「好像就是一艘船撞到了冰山，然後開始沉沒。有的人大呼小叫逃難；
　有的人處變不驚演奏音樂；還有人很倒楣地被銬在船艙裡。
　然後男主角沉到海底，女主角 Rose 被救起，還一直活到 90 幾歲。」

『那為什麼女孩子看完後就會流眼淚呢？』
「我也不知道。當男主角 Jack 鬆開了手，沉入冰冷的海底時，
　電影院裡就開始哀鴻遍野。」
Jack？竟然跟我的英文名字一樣。
看來我以前的暱稱叫「深情的 Jack」，的確有先見之明。

『阿泰，那你都不會覺得心痛嗎？』
「當然會啊！當老 Rose 把那顆『海洋之心』丟到海裡時，
　我的確很心痛。」
跟阿泰這種人討論藝術，我可算是自取其辱了。

「不過有一點值得注意，她們看完電影後，一定會問我相同的問題。
　那就是：If I jump，Do you jump？」

是嗎？問這種問題，不會太無聊嗎？

「痞子，女孩子最喜歡問這種假設性的問題，
　但卻要求得到肯定性的答案。」
那怎麼辦？如果照實回答，豈不自尋死路？
「不會啊！我都會回答說：答案是肯定的。」
你少唬我，照這種跳法，你不是早就得世界跳水冠軍？

「痞子，我只說答案是肯定的。我又沒說肯定會，還是肯定不會。
　我才沒那麼傻呢，如果她 jump，我當然『肯定』不會跳。」
『阿泰，你又在混了。』
「痞子，所以我說你要走的路還很長。
　這種簡單明瞭的回答，包含了多少人生的哲理與情場的智慧。」
『是嗎？』我很疑惑。

「我舉個例子。」阿泰說：
「如果有一天女孩子問你：你會不會永遠只愛我一個時，
　一句『當然』就可應付過去了。但到底是當然會，還是當然不會，
　就只有你自己心裡知道。」

『萬一她很聰明，**繼續**問你：當然會？還是當然不會？
　怎麼辦？』
「痞子，這種聰明的女孩子太少了，說得上是可遇而不可求。

　不過如果她真的這樣問，你還是可以回答：當然會。」
『那豈不是撒謊了？』

「笨蛋！你心裡想的是：我當然會不只愛妳一個。
　這就是所謂的『返璞歸真』。
　到了這種境界，你便不再需要任何甜蜜動聽的謊言，
　也能夠達到欺敵的效果了。」

　　　　　　　　　　　　　　　　　　　　　to be continued......

跟阿泰喝完酒，也已經快深夜3點。
不禁又開始回想起今晚和輕舞飛揚見面時的細節。
幸好我沒有寫日記的習慣，不然今晚發生的一切，
我真不知道該如何下筆？

要不是剛剛碰到阿泰的話，這樣的夜，就可以叫做完美。
然而進展得如此順利，卻反而令我不安。
孟子有云：生於憂患，死於安樂。
也許我和輕舞飛揚間，只是一種「迴光返照」的現象。

研究室窗外的那隻野貓，又開始叫了。
雖然聲音低沉了許多，但仍然是三長一短。

看來這隻野貓也是很有原則的。
不過牠今天的喉嚨大概出了點狀況。
我想我應該拿瓶京都念慈庵川貝枇杷膏給牠潤喉一下,
而且還是那種有孝親圖樣的正牌枇杷膏。

以前我總是依賴牠當我的鬧鐘,以便準時在三點一刻上線,
後來慢慢地不再需要牠了。
因為時候一到,我的精神總是特別興奮和抖擻。
如果有天沒在深夜三點一刻的網路上碰到輕舞飛揚,
我一定會渾身不對勁。

聽說這種情形在心理學上,叫做「制約反應」。
所以我想,我大概是被輕舞飛揚「制約」了。
而那隻野貓,也許也是被其他的性感野貓們所制約。
於是時間一到,牠開始Call Spring,我也打開pc,上了線。

「:)...痞子...今天累嗎?」
說我不驚訝是騙人的,說我不累也是騙人的。
尤其在心情像是坐了一次雲霄飛車後,加上酒精的催化,
我只想好好睡一覺。
如果不是我已經被她制約了,我是絕對不會在這時候還上線的。
而她為什麼也在這時候上線?她不累嗎?
難道她也被我制約了?

『好久不見了...妳好嗎？』

「痞子...你又吃錯藥了...我們才分別3個小時而已呀...」

古人有「一日不見，如隔三秋」之嘆，如果真是這樣的話，

那我們大概有3*365/8 ≒ 137天沒見，當然可以算很久了。

「呵...痞子...那你想我嗎？」

『A.想　B.當然想　C.不想才怪　D.想死了　E.以上皆是...

　The answer is E...』

「如何想法呢？」

『A.望穿秋水不見伊人來　B.長相思，摧心肝　C.相思淚，成水災

　D.牛骨骰子鑲紅豆──刻骨相思　E.以上皆是...

　The answer is still E...』

「呵呵...:)」

看來她真的也累了。

雖然「呵」是笑聲，但此刻我卻覺得她在打「呵」欠。

「痞子...我們會"見光死"嗎？」

其實網友一旦見了面後，結局通常都很悲慘。

就像阿泰一樣，如果不甚滿意，就會把她們從好友名單中剔除，

免得日後在線上碰到時觸景傷情，所以乾脆來個眼不見為淨。

如果對方先送Message來問好，阿泰就會說要去上課了、要去吃飯了、

要跟朋友去玩了、要去睡覺了……然後手忙腳亂地離線。

這就是所謂的「君子不立於危牆之下」之逃難法。

要不然就會說：「真可惜，難得又遇上妳。奈何造化弄人，事與願違。
現有俗事纏身，不得不走耳。只得灑淚而別，抱憾而歸，肝腸寸斷矣。」
這就是所謂的「睜眼說瞎話」之逃難法。

「為什麼網路和現實總會有那麼大的差異呢？」
因為在網路上，妳根本無法看到對方的表情，聽到對方的語氣，
所以只好將喜怒哀樂用簡單的符號表示。
例如笑臉符號就有 " :) "、"^_^"、":P"、"^O^"、":~" 等等。
但如果喜怒哀樂真能用符號表示的話，就不會叫做喜怒哀樂了。

換言之，當對方送來任何一種笑臉符號時，誰又能把握他正在笑呢？
也許他心裡抱著「買賣不成仁義在」的心態，跟妳應酬個幾句。
因此對陌生的兩個人而言，網路有時只能縮短認識的時間而已，
未必能拉近彼此的距離。

「痞子…網路上的我跟現實的我…會有很大的差異嗎？」
網路就像一層很安全的防護罩，不僅遮蔽了風雨，
但同時也擋住了陽光。
隔著這層防護罩去觀察一個人，當然會有誤差。

但對於妳，輕舞姐姐或是飛揚妹妹，我卻沒有隔著防護罩看人的感覺。
或者應該說是，妳根本沒有這層防護罩。
現在妳若送來半形符號「:)」，我彷彿能看見妳微微揚起的嘴角；
妳若送來全形符號「:)」，我彷彿能看見妳滿是笑意的眼神；
妳若送來「呵」，我彷彿就能聽見妳那像麥當勞薯條的笑聲。
所以網路不僅縮短了我們認識的時間，更拉近了我們之間的距離。

to be continued......

「痞子...我很希望你現在不是彷彿...
　而是根本就能看到我對你的微笑...」
是啊！我現在也很想看到妳的微笑。
不過這也是網路上的另一特點：雖然迅速，但並不完美。
而且如果現在真能看到妳，我又要被妳美麗的外表所朦蔽，
於是不得不狗腿一番。
倒不如像現在一樣，隔著螢幕，然後仔細去品味另一種形式的妳。

「痞子...為什麼你一看到我...就得稱讚我的外表呢？
　難道你不怕我會因此而覺得你很膚淺嗎？」
這哪有為什麼，看到美女便稱讚是屬於男人的反射動作，
不受大腦所控制。
我當然知道這有拍馬屁之嫌，奈何我笨拙的頭腦無法阻止我靈活的嘴巴。
一旦我的眼睛接觸到美麗的形象而傳遞到大腦，
在大腦尚未下達指令是否該讚美時，我的嘴巴就已經決定先斬後奏了。

這叫「嘴在外，腦命有所不受」的道理；
也叫「箭在弦上，不得不發」。

而且與其不講讚美妳的話而讓我覺得昧著良心，
倒不如講真話讚美妳而讓妳覺得我很膚淺。
這也是另一種形式的「兩害相權取其輕也」的道理。

「:)…痞子…我會被你訓練得愈來愈驕傲哦…」
『沒辦法…這是孟子教我的…"余豈好讚美哉，余不得已也"…』
「痞子…今天的份量夠了…:)」
『好吧…今天的讚美就到此為止…輪到妳讚美我了…』

「痞子…與其講假話讚美你而讓你覺得我很膚淺…
　倒不如不講讚美你的話而讓我覺得對得起良心…
　這也叫"兩害相權取其輕也"的道理。」

現世報來得真快。
原來網路上果真什麼都迅速，連報應都來得特別地快。

「痞子…其實在網路上我反而更可以看清楚你真正的模樣…
　也就是說 I see you true color…」
『I see you true color？這句話的意思是 "我看你真色"？

妳眞的覺得我很"色"嗎?』

「痞子...你的英文要加強了...這是辛蒂露波的一首英文歌...
　true color 的意思是眞正的你...而不是說你眞色...」
喔!原來如此,嚇我一跳。
在外文系女孩的面前得注意自己的英文程度,
就像在水利系男孩的面前得記住要節約用水。

「痞子...那你能用一句話形容我的外表以及你對我的感覺嗎?」
『很簡單...就是"嬌豔欲滴"...』
「小女子才疏學淺、資質駑鈍...願聞其詳...」
『因爲妳"嬌豔"如花...於是我口水"欲滴"...
　所以是"嬌豔欲滴"...』
「呵呵 :)...我會讓你害得睡不著覺...」
差點忘了明天還有約,不能像平常一樣逗她。
該讓她睡了。

『妳該去睡了喔...』
「再一下下就好...而且你還沒告訴我...你累了嗎?」
『還好...有點累...那妳呢?』
「我好累呢...不過沒上線跟你說晚安的話...我眞的會睡不著...」
『me too...』

既然雙方都很累了，爲什麼還要做這種無聊的事？

躺下去睡覺不是很好？

何苦一手打鍵盤，一手打呵欠？

我和她也許是同時想到了這層道理，所以接下來是一陣沉默。

「痞子…明天我們看哪部電影呢？」

『到時再說…反正重點是跟誰看…而不是看哪片…』

阿泰的名言，稍微修改一下，還是很好用的。

「那你明天騎車小心點…我會在樓下等你…」

『OK…衝著妳這句話…我會小心的…那妳爬樓梯也要小心點…』

「呵…明天見囉！晚安…:)」

『Good night、See you later、So long、Bye-bye、晚安、

　　Sayonara、卡早睡卡有眠…』

to be continued......

鐵達尼號

我不是個浪漫的人，
所以不被浪漫的情節所感動是可以理解的事。
除了 Jack 在沉入海底前跟 Rose 所說的對白：
「Rose, listen to me...Listen...
Winning that ticket was the best thing
that ever happened to me...
It brought me to you...And I'm thankful,
Rose...I'm thankful...」

第一次的 親密接觸

一覺醒來，12 點半多了。

哇勒……

今天是 1997 年的最後一天，因爲是星期三，所以得穿黃色內褲。

幸好當初在成功嶺的訓練還算有效，洗澡刷牙加洗臉僅花了 X 分鐘，

而且 $X \leq 10$。

不禁又開始陶醉於自己的機動敏捷。

但現在不是陶醉的時候，趕緊拿了鑰匙，衝下樓去。

跨上我的野狼，在牠尚未熱身完畢時，我油門一催，揚長而去。

我的飆車技巧，宛如游龍與狡兔，

很可惜當初沒去混飛車黨或當飆車族。

突然想到昨晚答應她騎車要小心的，大丈夫豈能言而無信？

所以我在闖紅燈時，很小心地注意看有沒有交通警察。

瞄了一下手錶，危險了！可能會遲到個幾分鐘。

我跟輕舞飛揚只要一相約，斷無遲到之理。

連續場次的安打紀錄，絕不能在這場球中斷。

「人之將死，其腦也快」，急中生智的結果，將手錶撥慢五分鐘。

而且在接近她家的巷口時，放慢了車速。

「痞子，你早呀！」

她講話好像有點嘲弄的味道，並舉起她的左手手腕，在我面前晃一晃。

『妳的手錶真漂亮，果然是"帥哥騎爛車，美女戴好錶"。』

「痞子，別裝蒜了。你是否該說些什麼呢？」
『Sorry，我疏忽了。我只注意到妳的手錶，
　竟忘了稱讚妳那潔白如玉的手腕。我真可說是"見木不見林"，
　手錶再怎麼漂亮，跟妳的纖纖玉手比起來，
　就像螢火之光碰到皓月之明。不堪一擊，不堪一擊啊！』

「痞子，你還在裝傻。你遲到3分鐘了，我的手錶現在是1點03分。」
『是嗎？可是我的手錶現在是12點58分。』
我也舉起我的左手手腕，在她面前晃一晃。
「呵呵，好吧！原諒你了。」

『看哪部呢？戴漂亮手錶的輕舞飛揚小姐.。』
「你先說吧！調慢手錶時間的痞子蔡先生。」
原來她還是知道這種手法，我只好乾笑了幾聲。

『阿泰說《鐵達尼號》不錯，妳覺得呢？』
「真巧，我室友也跟我推薦這部片子。」
『那她看完後有哭嗎？』
「有呀！哭得唏哩嘩啦的，所以我多帶了一條手帕和一包面紙。」
『那到南台戲院好嗎？2點20分有一場。』
「好，你說了就算。」

嗯，還有很多時間，仔細看一看她居住的環境。

這條巷子很靜，又有一些花花草草，使這條巷子看起來很美。

果然是地靈人傑，什麼人住什麼環境。這的確是個出產美女的好地方。

其實我住的地方也不錯，但可惜的是巷口總會有一堆垃圾。

我想大概是因為阿泰也住在那裡的關係吧！

「痞子，別發呆了。聽說人很多呢，早點去買票吧！」

『好啊！走吧。妳有機車嗎？』

「沒有。我只有那輛像法式牛奶咖啡的腳踏車而已。」

『那我只好用這輛像高雄港海水的野狼機車載妳了，不介意吧？』

「我不會介意，只是會有點嫌棄。呵呵。」

她從背包裡拿出了一副太陽眼鏡。

不用說，鏡片一定是咖啡色的。

今年台南的冬天很溫暖，我在耶誕節那天還穿短袖衣服。

所以她今天的穿著很簡單，米色的長褲，橘紅色的線衫。

『今天不穿咖啡色的衣服了嗎？』

「呵呵，今天休兵一天。免得你跟我在一起時老是擔心我會考你。」

『沒錯，這的確是認輸的好藉口。』

「呵呵，我不能曬太陽，只好戴副太陽眼鏡。不介意吧？」

『我不會介意。只是替妳美麗的眼睛覺得有點可惜。』

「痞子，別鬧了。快走吧！」

坐上我的機車後座，她的手輕輕勾著我褲子上的皮帶環。
因為那隻野狼的後座並無鐵桿，所以她沒有任何可以抓住的地方。
阿泰常羨慕我有這種配備，他說這樣一來，只要換檔時故意稍有不順，
就可以感受到後方襲來的波濤洶湧。
不過我才沒那麼無聊，我反而更加小心地換檔。

『今天天氣真好，是吧？』
我從沒有轉身跟她聊天的經驗，
所以講出這麼老土的話是可以被原諒的。
「對呀！今天太陽也很圓，不是嗎？呵呵。」
她總是能用笑聲適時地化解我的緊張。

『聽說"迷死佛陀"（蜜絲佛陀）和"Old Lady"（歐蕾）的
　防曬系列不錯，下次帶妳去買。』
「好呀！你買給我的話，我就會擦。」
是非只為多開口，煩惱皆因強出頭。
古人誠不欺我也。

to be continued......

今天的天氣真的很好，不冷不熱不溼不悶，身在台南的確是一種幸福。
雖然說「生命誠可貴，罰錢價更高」，但我們都沒戴安全帽。
微風輕輕地吹拂，我聞到了她身上淡淡的香氣。

記得我有次坐遠航的飛機，因為忘了繫安全帶，
一位美麗的空中小姐彎下腰來提醒我時，她的身上也有類似的香味。
從此以後，我上飛機便不繫安全帶，除非碰到那種空中歐巴桑。
男人也算是一種奇怪的動物，很容易讓他的視覺影響到他的嗅覺。
所以對男人而言，凡是美女，其人必香。
這就是所謂的「以偏概全」。

即使我很小心地換檔，但在加速與煞車之間，我們難免會有些碰觸。
而且她總在我耳邊輕聲細語，我不知怎地，一直覺得耳根發燙。
我寧願相信那是因為一般人呼出的氣體中，含有高量二氧化碳的因素。
雖然我知道這不是事實。
我終於能體會《倚天屠龍記》第四集裡，張無忌抱著趙敏時，
非常希望路能永遠走不完的感覺。

進了友愛街，經過南台戲院的大門。
哇 sai！擠了一堆人，難道今天是看免費的？
只好轉到中正路，找找可以停車的地方。
「痞子，你乾脆寄車好了。幹嘛還要繞來繞去？」
『別開玩笑了。這種行將就木的爛車，去寄車會被笑的。』
「呵呵，痞子。連這種錢也省，你真的不是普通的小氣。」

果然天無絕人之路，被我瞄到了一個車位。

停好車，她把太陽眼鏡收進背包裡。

並從背包裡拿出個咖啡色梳子和一個蝴蝶形狀的髮夾。

她嘴巴咬著那隻蝴蝶，然後理了一下她的長髮，並簡單綁個馬尾。

她淺淺地對我笑著，像是對我的等待表示歉意。

而我，突然覺得她就像一隻輕輕飛舞的美麗蝴蝶。

「Sorry，讓你久等了。Let's go！」

『嗯。我的車子好坐嗎？』

「A.不好坐　B.當然不好坐　C.好坐才怪　D.很難坐　E.以上皆是。

　The answer is E。呵呵，痞子，我學你學得像嗎？」

『傻瓜，這有什麼好得意的？好的不學，學壞的。』

「不是我不學好，而是根本沒有好的讓我學。這也是孟子教我的，

　"余豈好痞哉，余不得已也"。」

『好，我投降了。別忘了今天是休兵的日子。』

「沒錯，這的確是認輸的好藉口。呵呵。」

「痞子，這裡寫著"禁止暫停"呢。」

要離開停車位前，她指著地上的黃色字跡告訴我。

『喔，沒關係。我們不是要"暫停"，我們會停很久。』

「痞子，你又在痞了。待會你的野狼被人宰了怎麼辦？」

『不會啦！看到這麼老舊的野狼，一般人會敬老尊賢，不會欺負牠。』

南台戲院排隊的人龍，真的很長。
2點20的電影，現在也不過才1點40而已。
而且很奇怪，幾乎都是一男一女一起排隊。
『妳到裡面看看海報，我排就好。』

別人可以摟摟抱抱、卿卿我我。
她留在這裡，只會讓我觸景傷情而已。
「不要。我要在這裡陪你。」
『這樣妳會很無聊的。』
「跟你在一起怎麼會無聊呢？讓我陪嘛！」

其實我很感激這種擁擠的人潮，這樣我跟她之間的距離便更近了一些。
在網路上，我們隔著螢幕；在麥當勞，我們隔著一張桌子；
在機車上，我們隔著我的背影；而在這裡，我們根本沒有距離。

她站在我左邊，右手臂不時地碰觸到我的左手臂。
我們偶爾穿插幾句沒有意義的對白，這種感覺好舒服。
即使買不到電影票，我也心甘情願。
今天真好。
而讓今天美好的，不僅是天氣，還有此時等待的心情。

學生票一張也要240元，換言之，兩張就要480元。
這次真的是受傷慘重，我皮夾裡的先鋒部隊，已經全部陣亡了。
由於她在我左手邊，而我用右手掏錢，
所以我在掏錢時，不能讓她有阻止我的機會，實在是一大失策。

2點10分左右，買到了票。一張是11排13號，一張是11排15號。
「哇！痞子。11排13號呢，跟你生日同一天。」
『嗯，所以呢？』
「所以這個位置我要坐，這張票我要保存起來。可以嗎？」
『當然可以。如果妳堅持要付錢，我也會依妳。』
「痞子，你別擔心。今天我不會跟你爭著付錢的。」
擔心？我擔心的是妳不跟我爭。

to be continued......

進了電影院，剛坐下沒多久，燈光也正好暗了下來。
我看電影時是絕對不說話的，所以我的嘴巴也終於有了休息的機會。
接下來的三個多小時裡，我仔細看著這部久仰大名且爭議性強的電影。

我不是個浪漫的人，所以不被浪漫的情節所感動是可以理解的事。
除了Jack在沉入海底前跟Rose所說的對白：
「Rose, listen to me...Listen...

Winning that ticket was the best thing that ever happened to me...
It brought me to you...And I'm thankful, Rose...I'm thankful...」

雖然我也叫Jack，但我比電影上的那個Jack幸運多了。
我不用賭梭哈，也不必冒著生命危險搭上鐵達尼號。
我只要打開pc，上個網，便能認識現實生活中的Rose。

不過他比我幸運的是，他還會畫畫。
於是電影上的Rose甘願脫光光讓他畫。
雖然他一副很專注的模樣，好像很小心謹慎地慢慢畫，
但我想他一定是故意慢慢地畫的。
男人嘛！大家心照不宣也就是了。
不然你叫他畫曾文惠，他一定一下子就搞定了。

而她，反應就不是這麼平淡了。
她手上一直拿條手帕stand by，隨著電影愈到最後，
她擦拭眼角的頻率愈高。

當Jack要Rose答應他堅持到底，絕不放棄求生的念頭時，
電影上Rose說：
「I promise...I will never let go, Jack...I'll never let go...」
她竟也跟著小聲地說：「I will never let go, Jack...」
而當Jack沉入海底的瞬間，她背包的拉鍊也同時打開，

備用手帕正式登場。

席琳狄翁這個娘們，偏偏又在片尾唱起《My heart will go on》。
彷彿被歌聲所感染，她於是 My tears will go on。

『散場了，我們走吧！』
我站了起來，小聲地跟她說。
因為我覺得此時任何一點小擾動，都會令她崩潰。
她坐在座位上，不發一語地凝視著我。

過了好久，她突然說出：
「痞子，電影終究會散場，但人生還是得繼續。對嗎？」
雖然我點點頭，但我心裡卻納悶著。
她看到我點了頭，迅速地站起身子，背上背包，跟著我走出電影院。

排隊入場的人，和擠著出場的人，同時聚集在電影院門口。
散場的氣氛像極了鐵達尼號沉沒前，船上人員爭先恐後的逃生景象。
原來我們好像只是離開了電影上的鐵達尼號，
而人生裡的鐵達尼號，卻依然上映著。

離開了南台戲院，她的眼淚卻未離開她的臉龐。
『我們走走吧。』我說。

6點是剛入夜的時候，霓虹閃爍的中正路，
也許能讓她忘掉鐵達尼號的沉沒。
「嗯，好。」
她點點頭，卻不小心滑落了兩滴淚珠。

「痞子，你簽個名吧。」
她拿出那張電影票根，遞給我。
『簽什麼？難道簽 "余誓以至誠，效忠輕舞飛揚小姐" 嗎？』
「討厭！你簽 "痞子蔡" 就好，反正我又不知道你的名字。」
『誰叫妳不問我。』
「你也沒問我啊。這叫 "己所不欲，勿施於人"。」

她又在亂用成語了，我趕緊在票根背後，簽下痞子蔡三個字。
她看看我的簽名，閃過一絲失望神情，但隨即嘆了一口氣說：
「謝謝你，痞子。」
既然說謝謝，幹嘛要嘆氣？
我的字很拙嗎？不會吧？

我們四處看看，但並沒有交談。
她突然在 Christian Dior 的專櫃停了下來。
「痞子，你在連線小說板看過 Lemonade 寫的《香水》嗎？」
『嗯。前一陣子看過這篇短篇小說，寫得還不錯啊！
　妳幹嘛這樣問？』
我看著拿起一瓶香水端詳的她，很好奇。

「這瓶Christian Dior的Dolce Vita，
就是男主角在女主角訂婚時送她的。」她指著香水瓶上的英文字，
「他還說：Dolce Vita是義大利文，中文的意思是"甜蜜的日子"。」
『是嗎？我倒是沒看這麼仔細。』

「痞子，那我們今天算不算"甜蜜的日子"？」
『本來可以算是。但妳一哭，就打了折。』
「那這樣算是有點甜蜜又不會太甜蜜，就買小瓶的好了。」
幸好Lemonade寫的只是《香水》，
萬一她寫的是《黃金》或是《鑽石》，那我就債台高築了。

『7點多了，妳餓了嗎？要不要吃點東西？』
「我吃不下。你呢？」
『You eat，I eat。』
她突然又怔怔地掉下淚來。
我真是白癡，她好不容易離開了鐵達尼，
我怎麼又去打撈鐵達尼的殘骸呢？

「痞子，我們去大學路那家麥當勞。好嗎？」
她擦了擦眼淚，勉強擠出一個笑容，向我這麼建議著。
我點點頭。
騎上了那隻野狼，她靜靜地坐在我的背後，不發一語。

今晚的風，開始有點涼了。

to be continued......

到了麥當勞。
好巧，竟然跟昨晚第一次見面的時間一樣，也是7點半。

要吃1號餐嗎？她搖了一下頭。
2號餐呢？她搖了兩下頭。
那3號餐好嗎？她搖了三下頭。
就這樣一直搖到了最後一號餐。
所以我還是點了兩杯大可和兩份薯條，然後坐在與昨天相同的位置上。

「痞子，你不吃東西會餓的。」
『妳吃不下，我當然也吃不下。』
這就是逞強的場面話了。
因為到現在為止，我今天還沒吃過東西。

我咬了一口薯條。
奇怪？今天的麥當勞薯條竟然不再清脆甜美，反而有點鬆軟苦澀。
原來當她的笑容失去神采時，麥當勞的薯條便不再清脆。

「痞子，為何你會叫 jht 呢？」

『j 是 Jack，h 是 hate，t 是 Titanic。

　jht 即是 "Jack hate Titanic" 的縮寫。』

「你別瞎掰了。」

『其實 jht 是我名字的縮寫，不過看在 Titanic 讓妳淚流的面子上，

　我這個 Jack，自然不得不 hate 它了。』

「痞子，你不能 hate Titanic。你一定要 help Titanic，

　或是 hold Titanic。」

hate？help？hold？

自從看完 Titanic 後，她就常講一些我聽不懂的話。

難道外文系也念哲學？

然後她就很少說話了。

偶爾低頭沉思，偶爾呆呆地看著我。

為什麼我要用「呆呆地」這種形容呢？

因為她好像很想仔細地看著我，但又怕看得太仔細。

這種行為不是「呆」是什麼？

蠢？笨？傻？

外面的大學路，開始人聲鼎沸了。

「痞子，大學路現在為什麼這麼熱鬧呢？」

『今天是 1997 年的最後一天，大學路有跨年晚會。待會去看？』

「好呀！可是我想現在去呢。」
我二話不說，端起了盤子，指了指她的背包。

張燦鍙市長新官上任，封鎖住大學路成大路段，想來個與民同樂。
他比阿扁市長幸運，因為他可以跟他太太跳舞給我們看。
但我又比他幸運，因為輕舞飛揚比他太太漂亮。
正在胡思亂想間，天空突然下起了一陣雨。

我不假思索地拉起了她的手，往成大成功校區警衛室旁的屋簷下奔去。
為了怕她多淋到幾滴雨，情急之下做出這種先斬後奏的行為。
子曰：「不教而殺謂之虐」，由此觀之，我的確是個很殘忍的人。
不過幸好我叫痞子，
所以不必為不夠君子的行為背負太多良心上的譴責。

這是我第二次接觸到她的手指。
和第一次時的感覺一樣，她的手指仍然冰冷異常。
上次可能是因為冰可樂的關係，這次呢？
也許是雨吧？
或者是今晚的風？

警衛室旁的屋簷並沒有漏，但我現在卻覺得「屋漏偏逢連夜雨」。
因為我看到了阿泰。
這種可以跳舞的場合自然少不了阿泰，就像廚房裡少不了蟑螂。

不過他從不攜伴參加舞會。
因為他常說：「沒有人去酒家喝酒還帶瓶台灣啤酒去的。」
這話有理。
舞會上充斥著各種又辣又正的美眉，什麼酒都有。
幹嘛還自己帶個美眉去自斷生路呢？
如果美眉可以用酒來形容，那阿泰是什麼？
阿泰說他就是「開罐器」。

「痞子，你好厲害。竟然帶瓶『皇家禮炮21響』的XO來。」
『別鬧了，阿泰。這位是輕舞飛揚。』
「妳好，久仰大名了。痞子栽在妳的石榴裙下是可以瞑目的。」
「呵呵，阿泰兄，我對你才是久仰大名、如雷貫耳呢！」
「是嗎？唉，我已經盡可能地掩飾我的鋒芒了。奈何事與願違，
　沒想到還是瞞不過別人識貨的眼光。罪過，罪過啊！」

她輕輕笑了兩聲，然後說：
「我常在女生宿舍的牆壁上看到你的名字哦！」
阿泰的眼睛瞬間亮了起來，興奮地說：
「是嗎？寫些什麼呢？一定都是些太仰慕我的話吧！」

「不是哦。通常寫"阿泰，你去吃屎吧！"」她強忍住笑，接著說：
「而且都寫在廁所的牆壁上。」

「哈哈。」阿泰笑得有些尷尬,「輕舞兒,妳和痞子都好厲害喔!」
我也笑得說不出一句話來。
照理說阿泰是我的好友,我應該為他辯解的。
我這樣好像有點見色忘友,不過事實是勝於雄辯的。

金黃色的射手阿泰、藍色的天蠍痞子,和咖啡色的雙魚輕舞飛揚,
就這樣在警衛室旁的屋簷下聊了起來,直到雨停。
這是我們三個人第一次,也是最後一次聚在一起。

「痞子、輕舞兒。雨停了,我去狩獵了,你們繼續纏綿吧!」
走得好!我不禁拍起手來。
再聊下去,我就沒有形象了。
「痞子,你拍手幹嘛?」
『喔,剛剛放的音樂真好聽,不由自主地想給它小小地鼓勵一下。』
「你少胡扯。你怕阿泰抖出你的祕密吧?」

我有祕密嗎?
也許有,也許沒有。
但在我腦海的檔案櫃裡,最高的機密就是妳。

to be continued......

這個跨年晚會是由一個地區性電台主辦的，
叫 Kiss Radio，頻道是 FM97.1。
為什麼我記得是 FM97.1？
因為它廣告的時間比播歌多，難怪叫「廣播」。

節目其實是很無聊的，尤其是猜謎那部分。
「台南市有哪些名勝古蹟？請隨便說一個。」
哇勒！怎麼問這種蠢問題？蠢到我都懶得舉手回答。
竟然還有人答「安平金城」，我還「億載古堡」咧。

至於跳舞，我則是大肉腳。跳快舞時像隻發情的黑猩猩。
「痞子，我不能跳快舞。所以不能陪你跳，Sorry。」
『那沒差。反正妳叫"輕舞"，自然不能跳快舞。』
「希望能有〈The Lady in Red〉這首歌。」
『不簡單喔！這麼老的英文歌，妳竟然還記得。』
「前一陣子在收音機中聽到，就開始愛上它了。」

原來如此。
不然這首歌在流行時，她恐怕還在念小學吧！
其實我也很喜歡這首歌，尤其是那句「took my breath away」。
我以前不相信為何舞池中那位紅衣女子轉身朝他微笑時，
竟會讓他感到窒息。
直到昨晚在她家樓下，她上樓前回頭對我一笑，我才終於得到解答。

不過這首歌如果改成「The Lady in Coffee」，該有多好。

最好這首歌不要被阿泰聽到，

不然他一定改成「The Lady in Nothing」。

終於到了倒數計時的關鍵時刻，這也是晚會中的最高潮。

在一片歡呼聲中，我們互道了一句：新年快樂。

她是學外文的，為何不學外國人一樣，來個擁抱或親吻呢？

不過話不能這樣講，我是學水利的，也不見得要潑她水吧！

『明年我們再來？』

「明年？好遙遠的時間哦。」

又在說白癡話了，她大概累壞而想睡了吧？

送她回到她住的那條勝利路巷子，遠離了喧鬧。

與剛剛相比，現在靜得幾乎可以聽見彼此呼吸的聲音。

「痞子，你還記得《香水》中提到的正確的香水用法嗎？」

我搖了搖頭。

我怎麼可能會記得？我又不用香水。

「先擦在耳後，再塗在脖子和手上的靜脈，然後將香水灑在空中。

　最後是從香水中走過。」

『真的假的？這樣的話，這小瓶香水不就一下子用光了？』

「痞子，我們來試試看好嗎？」

『我"們"？妳試就好了，我可是個大男人。』

她打開了那瓶 Dolce Vita。

先擦在左耳後，再塗在脖子上和左手的靜脈。

然後還眞的將香水灑在空中……

哇勒，很貴耶！

最後她張開雙臂，像是淋雨般，仰著臉走過這場香水雨。

「呵呵呵，痞子。好香好好玩哦！輪到你了。」

她開懷地笑著，像個天眞無邪的小孩。

此時別說只叫我擦香水，就算要我喝下去，我也不會皺一下眉頭。

我讓她把香水擦在我的左耳後，以及脖子上和左手的靜脈。

這是我第三次感覺到她手指的冰冷。

是香水的緣故吧！我想。

「痞子，準備了哦，我要灑香水囉！」

我學著她張開雙臂，仰起臉，走過我人生的第一場香水雨。

「痞子，接下來換右耳和右手了。」

哇勒，還要再來嗎？我賺錢不容易耶。

在我還來不及心疼前，她已經走過了她的第二場香水雨。

而這次她更高興，手舞足蹈的樣子，就像她的暱稱一樣，

是一隻輕舞飛揚的蝴蝶。

深夜的勝利路巷子內，就這樣下了好幾場的香水雨。

直到我們用光了那瓶Dolce Vita。

「Dolce Vita用完了，這個甜蜜的日子也該結束了。

　痞子，我上去睡了。今夜三點一刻，我不上線，你也不准上線。」

『為什麼？』

「你在中午12點上線時就知道了。記住哦！只准在中午12點上線。」

她拿出鑰匙，轉過身去打開公寓大門。

就在此時，我看到她的後頸，有一處明顯的紅斑。

如果不是因為她今天將長髮紮成馬尾，

我根本不可能會看到這處紅斑。

她慢慢地走進那棟公寓。

在關上門前，她突然又探頭出來淺淺地笑著。

「痞子，騎車要小心點。」

在我尚未來得及點頭前，門已關上。

我抬起頭，想看看四樓的燈光是否已轉為明亮？

等了許久，四樓始終陰暗著。

陰暗的不只是在四樓的她，還有騎上野狼機車的我。

回到了研究室，阿泰聞到了我身上的香味，劈頭就問：
「痞子，你身上為何這麼香？
　你該不會真的跟她來個『親密接觸』吧？」
我沒有答腔。

打開了冰箱，拿出了那兩瓶麒麟啤酒，一瓶拿給阿泰。
我和他就這樣靜靜地喝掉了這兩瓶啤酒。
喝完了酒，阿泰拍了拍我的肩膀，然後離開了研究室。

to be continued......

消失

你收到這封 mail 的同時...

我應該正在遠航往台北的班機上...

你能感受到我在兩萬呎的高空中對你微笑嗎？...:)

也許今天的飛機無法爬升到兩萬呎...

因為我的心情很沉重...:(

我關上了燈，讓黑暗將我包圍住。

因爲我希望能想像她也同時在黑暗中的感覺。

原來人在黑暗中，最容易感受到的，就是孤單。

她現在一定很孤單。

但我又該如何陪伴她呢？

在半夢半醒間，我彷彿看見一隻美麗的蝴蝶，在火海中化爲灰燼。

而那處紅斑，亦由淡紅漸漸轉變爲赤紅，最後變成血紅，將我吞噬。

是那瓶冰啤酒的緣故嗎？我突然全身發冷。

而那股涼意，竟直透內心深處。

隨著時間愈接近三點一刻，我的心跳頻率愈快。

用 guest 上線吧！

因爲我是 jht，所以用 guest 上線不代表「我」上線。

上了線，Query 一下她，果然不在線上。

我心臟的跳動速率雖快，但心臟的溫度卻依然很低。

好不容易熬到了中午 12 點，我興奮而又緊張地以 jht 上了線。

但她卻不在線上。

於是線上好友名單中，只有 jht 一個人，

孤單地等待著 FlyinDance。

然而卻有她寄給我的一封 mail。

※
發信人：FlyinDance（輕舞飛揚）
標　題：1998/01/01
日　期：Thu Jan 1 10:43:29 1998

Dear jht：

原本只是想在黑暗中沉澱自己的思緒...仔細品味我們共同擁有的回憶...
沒想到在一片黑暗中...我只感受到孤寂...
尤其當聽到你野狼機車的呼嘯聲愈來愈遠時...
我不爭氣的眼淚又再度滑落...
痞子...你能體會我的孤單嗎？

我還是無法克服長久以來的習慣...
所以我在三點一刻時偷偷用 guest 上了線...
不怪我吧...:P
我 Query 一下你...你果然不在線上...
該慶幸我對你的信任不是一廂情願？還是該嘆息呢？

天已經亮了...
嗯...是該離開的時候了...
應該帶點跟你有關的東西...就帶著那張電影票根吧...
然後呢？

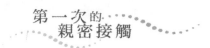

我想帶的帶不走...不該帶的卻甩不脫...

你收到這封 mail 的同時...我應該正在遠航往台北的班機上...
你能感受到我在兩萬呎的高空中對你微笑嗎？...:)
也許今天的飛機無法爬升到兩萬呎，因為我的心情很沉重...:(

去看我信箱中的 mail 吧...
那記錄著我們相識以來的點點滴滴...還有我在 BBS 寫的日記...
說是日記...好像有點不妥...
因為我只在幾個特別的日子裡記錄心情而已...

請你按照順序閱讀...讀完後或刪或留...決定權在你...
因為我大概沒有機會上線了...
密碼是我的生日...19760315...
去看看吧...

FlyinDance

ps. 痞子...別發呆了...快去！

沒想到她連我的發呆都算得出來，果然是 S 型的女孩子。

我趕緊以FlyinDance上了線。

信箱中的mail只有jht和FlyinDance這兩個ID為發信人。

我沒有心情去看我以前寄的mail，

直接去看她的第一篇BBS日記。

※

發信人：FlyinDance（輕舞飛揚）

標　　題：1997/09/18

日　　期：Thu Sep 18 23:22:47 1997

今天是開學的第一天...

可恥的成大...竟然選擇這個九一八事變發生日開學...

擺明了不尊重慘遭日軍屠殺的同胞嘛...

為了紀念無辜受害的同胞...我今天特地蹺課一天以表示哀悼...

我在榕園內坐著...覺得很無聊...乾脆就在校園裡逛了起來...

穿過地下道...來到屬於工學院地盤的成功校區...

走在「工學院路」上，兩旁的樹既雄偉又俊美...

陽光從樹葉間輕輕灑了下來...

這種溫柔的陽光是我所能享受的極限...

我不禁哼著歌...輕輕舞動起來...

而這裡的男生則充滿了朝氣...有別於文學院男生的書卷氣息...

資訊大樓看起來滿壯觀的...給它個面子...本姑娘大駕光臨也...:)
一大堆人在玩BBS...我也去湊個熱鬧...
並在成大資研站註冊個新ID...

自從本姑娘的出現推翻了「網路無美女」的定律後...
以前的ID就常遭很多無聊的男性ID騷擾...:(
每次上線...信箱裡就有一堆mail...內容都是想跟我交個朋友...
有的炫耀文筆；有的自以為幽默；有的假裝誠懇；有的故作瀟灑...
哼！我才不稀罕呢...:~

這都怪室友小雯啦...每次去見網友都要拉我去...
她說這叫分擔風險...免得她被一大堆青蛙嚇到...
結果被嚇到的反而是我...:(

在網路上...男生稱霉女為恐龍...女生則稱菌男為青蛙...
男生說「網路無美女」...女生則反駁說「網路青蛙滿地爬」...
偏偏有些青蛙還自以為是王子...巴望得到公主一吻而變回王子...
小雯說青蛙就是青蛙...即使美女陪他上床睡覺...他也還是青蛙...:)

那麼該換個什麼樣的ID跟暱稱呢？
想起剛剛在工學院路上的輕舞...愉悅的心情又再度浮現...

年輕真好...^_^
就叫作「輕舞飛揚」好了...ID則為FlyinDance...
I am Flying in Dancing！

我也以這種心情為藍本...寫下了我的plan...
希望我永遠年輕而飛揚...
今天真好...離開教室是對的...:P

to be continued......

※
發信人：FlyinDance (輕舞飛揚)
標　題：1997/09/22
日　期：Mon Sep 22 23:14:52 1997

小雯晚上又跑出去約會了...留下我一個人看著電視...:(
電視新聞說陳進興在永和與警方對峙...
結果雙方不開一槍一彈...而且還讓他逃脫...
幸好我不在永和的家中...不然我今晚一定會睡不著覺...

我上了線...新ID新氣象...到各板去晃晃...
我還跑到從不去逛的mantalk板...聽聽青蛙們的叫聲...

有篇文章滿有意思的...我留意了一下作者...他叫jht...

眞遜！什麼ID嘛！
j、h、t三個字母沒有一個是母音...多難唸呀！
我是念外文的...實在無法忍受這種英文程度近乎無知的ID...
而他的暱稱更是白癡...竟然叫「痞子蔡」！
遜加est...

小雯說青蛙的暱稱若好聽未必是好...
但如果難聽的話就一定是壞...
所以我想他一定是隻癩蛤蟆...^_^

偷偷去Query一下他的plan...卻看出了趣味...
他說：
「如果把整個太平洋的水倒出，也澆不熄我對妳愛情的火燄。
　整個太平洋的水全部倒得出嗎？不行。
　所以我並不愛妳。」

如果讓小雯看到的話...一定會說他在放屁...
但我是淑女...所以我保留不說髒話的權利...:P

這傢伙是個怎樣的人呢？

真的是痞子？還是只是個英文白癡？
為什麼他有天使般的文筆...卻有魔鬼般的暱稱呢？

我到處去找他的文章...
這隻癩蛤蟆滿會跳的...很多板都有他的文章...
Letter板、Story板、Baseball板...
甚至還跑到恐龍大本營的Ladytalk板來鬼叫...
難道不怕被恐龍一腳踩扁？

反正也是無聊...於是我mail給他...
告訴他我覺得他的plan很有趣...:~

在結束今天的日記前...我心裡一直納悶著...
因為這是我第一次主動mail給一個完全陌生的ID...
我為什麼會有這種勇氣跟衝動呢？被小雯帶壞嗎？
真的只是因為我「反正也是無聊」的緣故？

※
發信人：FlyinDance (輕舞飛揚)
標　題：1997/09/30
日　期：Tue Sep 30 23:48:06 1997

今天下午跟小雯到東豐路那家「翡冷翠」喝下午茶…
氣氛很舒服…:)
一樓只有我們兩個客人…

我點了一杯有薰衣草風味的茶…眞是難得難得…
因爲我超愛喝咖啡…從未在下午茶的時間裡眞的喝茶…
大概是被店員殷勤且具說服力的一番話所影響吧！

今晚上線時…收到了屬於FlyinDance的第一封mail…
是那個英文白癡的癩蛤蟆jht寄來的…
他說他等了幾天…希望能在線上碰到我…
奈何天不從人願…只好含恨寄mail…

天怎會不從人願？
也許是老天比較聽我的話哦…:P

他說爲了證明我有先見之明…他會努力訓練自己成爲一個有趣的人…
訓練？有趣能用訓練的嗎？
看來他的腦袋有問題…
眞可憐，身爲一個研究生卻沒有智商和英文程度時…
的確值得同情…:)

不過他的mail跟他在板上的post...有很大的差異...
他的post非常陽剛...往往是一針見血而不留餘地...
但他的mail...卻有種溫柔纖細的味道...
好像是...好像是...

好像是下午的那杯薰衣草花茶...:)

※
發信人：FlyinDance (輕舞飛揚)
標　題：1997/10/05
日　期：Sun Oct 5 23:50:35 1997

難得的一個假日...更難得的是...小雯今天竟然沒有約會！
我和她到新光三越百貨去逛逛...因為13樓有皮包特賣會...
午餐也在三越解決...韓國式豆腐辣湯麵...辣得小雯流出了眼淚...
她說辣妹實在不應該再吃辣...不然就會辣上加辣...
未辣人先辣己...^_^

我看上了一個咖啡色的背包...它的顏色、裝飾品與外型...
讓我聯想到Cappuccino咖啡...
我毫不猶豫地買下了它...

背上了這個背包...
就像啜飲一杯甘醇甜美卻又濃郁強烈的Cappuccino咖啡...
嗯...眞好...:)
有點像談戀愛的感覺...不是嗎？...:P

成大資研站從10/1晚上就開始當了...
該不會是故意抗議老共的國慶日吧？...:(
一直當到昨天晚上才恢復正常...竟然連續當了三天！

這三天中...我千方百計地想連上資研...
資研站有寶嗎？
我又沒有得到BBS症候群...爲何非得上線呢？
即使想看文章...到別站就好了呀！爲何一定要上資研站呢？
難道只因爲資研站有jht這隻癩蛤蟆？

今天終於收到他寄來的第二封mail...我有如獲至寶的感覺...
將他的mail看了一遍又一遍...
我的心也不由自主地輕快起來...:)

突然好想喝一杯香濃的Cappuccino...

to be continued......

※
發信人：FlyinDance (輕舞飛揚)
標　題：1997/10/10
日　期：Fri Oct 10 23:53:26 1997

中華民國又過生日了...為了表示我有忠貞愛國之心...
我特地睡到下午兩點多...:~

其實都怪那隻青蛙啦！上線時間總是在三更半夜...
不...正確的說法應說是在四更尾...
昨晚特地等他的...我還跟親愛的上帝禱告...希望能遇見一隻青蛙...
等到凌晨兩點左右...不小心就睡著了...
Idle 了 40 分鐘...就被踢下站了...
更氣的是...他就在三點上線...然後寄給我第 6 封 mail...:(

他說希望我在中華民國的生日裡...比中華民國還快樂...
快樂個頭！難道他不知道有軍機墜機了嗎？
這個大笨蛋...莫非他的腦袋也跟中華民國一樣...都被詛咒了嗎？

真是討厭...半夜不睡覺在幹嘛？...:(
難得有今天放假、明天沒課、後天再放的三天假期...

搞不好本姑娘心情好...可以跟他見個面呢...:~

哼！今晚別指望我再等他了...:(

咦？今天我怎麼不稱呼他爲癩蛤蟆？而改叫他爲青蛙呢？

還有...爲什麼我會等他呢？爲什麼我會想見他呢？

難道說我...我會想念他？

※

發信人：FlyinDance (輕舞飛揚)

標　題：1997/10/25

日　期：Sat Oct 25 23:38:28 1997

我開始學著「亂槍打鳥」了...

他實在很難捉摸...有時兩三天不上站...有時一天上站好幾次...

奈何我這個獵人槍法笨拙...只能多開幾槍以增加命中的機率...

可是我就是打不中這隻笨鳥...:(

劉備對孔明也只不過是三顧茅廬...

而我已經顧到連茅廬都會不好意思了...

他這隻笨青蛙沒事幹嘛學孔明呢？

唉...也許我的名字叫白天...而他的名字卻叫黑夜吧...:(

收音機裡剛好傳來黃小琥唱的〈不只是朋友〉...
或許我也是如此...我想要的「不只是mail」...
我的青蛙王子...你的生活作息能不能正常一點呢？

今天是台灣光復的日子...
但我的心...卻開始淪陷了...

※
發信人：FlyinDance (輕舞飛揚)
標　題：1997/11/08
日　期：Sat Nov 8 23:36:42 1997

今天是他從香港回來的日子...
他上封 mail 只告訴我說要去香港...但沒說去幾天...
沒想到一去就是五天...
而且當我看到mail時...他已經在泰航往香港的班機上了...

我其實是很生氣的...因為我不知道他什麼時候會回來？
昨天上線時...看到他的上站次數還是沒增加...
笨痞子、臭青蛙...你到底回不回來嘛？...:(

所以剛剛上線收到他的mail時...我竟然有股想哭的衝動...
他說他去了很多地方...包括太平山和維多利亞港...
他還說太平山上的星星一定沒有我的眼睛明亮...
而維多利亞港的燈光也一定沒有我的笑容燦爛...

哼！出去玩了這麼多天...就想憑這兩句甜言蜜語打發我？...:(
而且他沒看過我...又怎會知道呢？
搞不好我的長相比太平山上的猴子還要恐怖...
而我的笑聲比維多利亞港輪船的汽笛聲還要刺耳呢！...:~

不過...看在他亂猜竟也猜對的面子上...
我也就不忍苛責了...*^_^*

他說今天是長江三峽進行截流合龍工程的日子...
這在他們水利工程界...是件空前的大事...
我才不管什麼是截流或合龍呢...:(

我在意的是...他跟我何時才能「合流」？
不再像兩條平行流動的河流般...永遠沒有匯流點...

to be continued......

※
發信人：FlyinDance (輕舞飛揚)
標　題：1997/11/13
日　期：Thu Nov 13 23:33:56 1997

幸好今天是星期四⋯只差一天就是黑色星期五⋯
好險⋯:)

他早上的 mail 說⋯今天是個非常特別的日子⋯
為何特別？他倒是沒提⋯
難道是他生日？也許是吧⋯
在這種日子出生確實是沒什麼好驕傲的⋯
所以也難怪他不敢說⋯:P

他還說他很欣賞我的 plan⋯為了慶祝這個特別的日子⋯
所以他改了幾句：

「我大聲地咆哮，在寂靜的教室之中。
　妳投射過來異樣的眼神。
　同情也好，不爽也罷，
　並不曾使我的聲音變小。

　因為令我度爛的，不是妳注視的目光，
　而是我被當的流力。」

我的手搗著嘴巴...笑出了眼淚...
不知道這算不算是「喜極而泣」？

哼！竟敢亂改我的plan...:(
此仇不報非淑女...我下次也要改他的plan...
而且一定要讓他流下更多的眼淚...:P

他到底為什麼會覺得今天特別？
對他而言...什麼樣的日子才叫特別？
其實對我而言...每個收到他mail的日子...都很特別...:)

※
發信人：FlyinDance (輕舞飛揚)
標　題：1997/11/23
日　期：Sun Nov 23 23:58:06 1997

今天一大早...小雯開著她那輛紅色喜美...載我到墾丁去玩...:)

我穿著一整套咖啡色系的衣服...還背上我的Cappuccino...
小雯罵我神經...哪有人這樣穿的？
她笑我已經中咖啡的毒了...
可我就是喜歡...:P

墾丁公園真的好美...可惜有些人爲的匠氣...
不如社頂公園的渾然天成...
我在社頂公園那片大草原上...留下了我的影子...
小雯說從照相機的鏡頭裡看過去...就好像看到了一杯咖啡...
呵呵...這就是我要的感覺...:)

有兩個男生過來搭訕...:(
他們說：
「今天的天氣很好叫sunny...兩位小姐很美麗叫beauty...
　氣質也非常動人叫pretty...若能與妳們共遊則會很快樂叫happy...」

小雯則回答說：
「天氣突然變差了叫rainy...兩位先生長得不怎麼樣叫ugly...
　看到你們我開始不爽叫angry...再不快走老娘就會抓狂叫crazy！」

呵呵...我怎麼會有小雯這樣的好友呢？...:)
更難得的是...我仍然能出淤泥而不染...保持我的溫柔本性...:P

今天眞的很高興...
天氣好、風景好、要是身旁有個牽掛的他更好...*^_^*
雖然回到台南已經很累了...我還是上線寫下今天的心情...
也收到了他寄來的第 20 封 mail...

今天眞好...從頭到尾都是...:)
希望他也很好...如果他不好的話...我分一點好給他...:~

※
發信人：FlyinDance (輕舞飛揚)
標　題：1997/12/03
日　期：Wed Dec 3 23:19:46 1997

媽昨晚又打電話來勸我辦理休學...
唉呀！這是我大學時代的最後一年...就這麼放棄不是很可惜？
何況醫生也說我現在是緩解期...
只要不過度疲勞和避免日曬過多即可...
雖然知道媽很擔心我...但我不喜歡她老把我當任性的小孩般看待...:(

好煩哦！睡也睡不著...都三點一刻了呢...:(
小雯一定在熟睡...只好上線去晃晃吧...

咦？竟然讓我看到jht這隻笨鳥...
呵呵...瞄準了他...我扣了一下扳機...
這次他跑不掉了吧！...:P

他說他心情也不好...剛好跟我來個負負得正...
是嗎？搞不好會讓我雪上加霜哦！...:~
不過他真會掰...竟掰得我不好的心情煙消雲散...
而且他竟然知道我留長髮以及不常穿裙子...實在有點詭異...:D

不知怎地...跟他聊天真是輕鬆...:)
煩悶的心情一去...睡意就跟著來...
但我怎能就這樣放過他？
嘿嘿...所以我約他早上10點再聊...

今天早上他跟我說他對浪漫的看法...
他在pc另一端說著...我則在pc這一端笑著...:)
好好玩哦！我不禁想像吟著葉慈的詩時...踩到狗屎的感覺...:D

他還說浪漫愛情小說的男主角可分為粗獷型、斯文型、
藝術型與頹廢型...
說得也是...像他這種痞子型的男人大概只會出現在恐怖小說裡...:P
他果然不一樣...看法總是那麼地鮮明有趣...

只可惜小雯提醒我該吃午飯了...不然我還想再聽他掰...:(

嗯...今晚決定再等他...
我好喜歡在線上叫他痞子的感覺...:)
為了怕睡著...我準備要煮杯濃濃的曼巴咖啡...

他明天凌晨還會上線嗎？
還有...當我第一次看到他也在線上時...
我敲鍵盤的手指好像有點顫抖...
是興奮嗎？還是緊張？

1997年12月3日的深夜...天冷...想念一個人...
於是不冷...:)

to be continued......

※
發信人：FlyinDance (輕舞飛揚)
標　題：1997/12/04
日　期：Thu Dec　4 23:28:15 1997

我在半夜兩點多上線...等著等著...
收音機傳來〈The Lady in Red〉的旋律...

男歌者極富磁性的嗓音...在這寂靜的夜裡...更具魅力...
當他唱到那句「took my breath away」時...痞子上線了...
天呀！是歌聲的關係嗎？我真的感到一陣窒息...

我問他網路上的邂逅如何？
因為我想知道他如何看待我們之間的關係...
他說網路的出現產生了三種人...
然後滔滔不絕地闡述這三種人的特色和差異...
我靜靜地看著他傳送過來的文字...幻想著他口沫橫飛的模樣...
嗯...我突然好想看到他...*^_^*

他說我們都是第二種人...不甘心接受酸檸檬的個性...
而想成為甜美的水蜜桃...
或許是吧...因為我真的很羨慕小雯敢拚愛衝的牡羊座性格...

我輕輕撥弄我的頭髮...在他說出我可能「時日無多」時...
我掉落了幾根頭髮...

我摸了摸那些掉落的頭髮...手指好像被電擊...

不會的...醫生說我得的只是慢性病...不是絕症...
我仍然可以像正常人般地生活...

可是...我眞的可以嗎？
盡情地揮灑年輕...舞動青春...
眞的是我無法做到的希望嗎？

我該不該聽媽的話休學回台北？
可是回台北後...我還能看到他嗎？
不...我不要...我想看他！

於是我學電視上的廣告詞，送給他一句：
「伊莎貝爾，我們見面吧！」
然後緊張地等待，直到他送來一句：「OK。」

看了看窗外...天微微地亮了...
黑夜總會過去...但我心頭的陰影...何時才會散去？

※
發信人：FlyinDance (輕舞飛揚)
標　題：1997/12/13
日　期：Sat Dec 13 23:41:13 1997

自從上次在線上碰到痞子後...我便習慣在深夜三點一刻上線...
這算是我們之間的默契吧...

小雯常問我他是誰？我只笑笑地說他是痞子...
倒不是因為 jht 這個沒有母音的 ID 說出來會丟臉...
只是他是我心底最深處的祕密...我想自私地霸占著...:P

我們都聊些什麼呢？
反正他就是很會掰...所以也不愁沒話講...:)
我常轉述他的話給小雯聽...小雯說他快可以拿到諾貝爾唬爛獎了...:)

可是為什麼他都不問我的名字呢？他都不好奇嗎？
小雯說我可能碰到江湖高手了...
才不是呢...痞子不是這種人...:~

雖然已經說好要見面...但他不提細節...我也就賭氣不提...:(
我是女孩子呀！總不能不學會矜持吧...:~

他對我而言...就像是一面鏡子...
我常在他身上看到我的個性...尤其是好強這個特質...

於是不知不覺地...總喜歡處處跟他爭強鬥勝...:P
誰也不肯先問對方名字...誰也不肯先提見面細節...

剛剛在線上看到一篇名爲《香水》的小說...
我果然是浪漫的雙魚女子...
很想學著故事中的女主角在 Dolce Vita 的香水雨中走過...
如果那時他也在身旁...一定很甜蜜...*^_^*

※
發信人：FlyinDance (輕舞飛揚)
標　　題：1997/12/24
日　　期：Wed Dec 24 23:44:31 1997

嗯...今晚就是耶誕夜了...
街道上洋溢著過節的氣氛...很舒服...
尤其是收到痞子寄到我 E-mail 信箱的電子賀卡時...
我更覺得平安喜樂...:)

我和小雯打賭誰收到的耶誕卡片較多...結果到今天爲止...
我飲恨敗北...:(
沒辦法...小雯的長相和身材可謂「有口皆碑」，輸給她不算丟臉...:~
所以只好請她吃耶誕大餐了...
我們去吃岩燒...在400度的高溫石頭上煎牛排...別有一番風味...:)

小雯說要到光復校區中正堂的耶誕舞會去跳舞...我不禁猶豫著...
其實小雯應該知道我的病不允許我做劇烈的運動...
可是我又不好意思掃她的興...只好捨命陪辣妹了...:P

一到光復校區門口...我們被排隊進中正堂的擁擠人潮嚇住了...
天呀！這麼多人要排到什麼時候呢？
幸好小雯交遊廣闊...看門的同學也是她的裙下敗將...
因此我們就順利溜進去了...:)

小雯今天穿著一條紅色緊身馬褲...
還有那件在MasterMax買的暗紅色線衫...
昨晚我們特地去買染髮劑...我將頭髮挑染成咖啡色...
她則挑染成紅色...
所以如果說我像是一杯「曼巴咖啡」的話...
那麼小雯就是一杯「血腥瑪麗」了...^_^

我不跳快舞的...
只在偶爾穿插的慢舞旋律中...和小雯翩翩起舞...
這情景...算不算是「美酒加咖啡」呢？...:)

小雯的舞技高超...總是容易成為舞池中被注視的焦點...

看她興奮地流著汗水…我好羨慕…

我的病讓我不能從事劇烈運動…也要避免日曬過多…
但一個年輕人若不能在舞池中揮灑汗水…或在陽光下展露笑臉時…
那麼年輕又有何意義？

「流汗」這麼簡單的事情…對我而言竟然如此奢侈…
痞子說得沒錯…我果然是「希望」能夠輕舞飛揚的第二種人…

我告訴小雯…我人不太舒服…
於是先行離開那個不屬於我的場所…
我慢慢走回勝利路…汗水沒流成…卻流下了幾滴淚水…

離三點一刻…還有三個多小時…他的耶誕夜不知道過得如何？
如果他現在能立刻出現在我面前…那該有多好…
不是說耶誕夜裡充滿著奇蹟嗎？
親愛的上帝…可以幫我實現這個奇蹟嗎？

※
發信人：FlyinDance (輕舞飛揚)
標　　題：1997/12/30
日　　期：Wed Dec 31 02:16:38 1997

在記錄今天的心情前...得先吁口氣...試著放鬆...

原本提醒自己11點前要回家的...
這樣我才能及時完成今天（12月30日）的「心得報告」...
結果灰姑娘還是無法在午夜12點前回家...:P

今天凌晨在線上碰到他時...他說他感冒了...害我擔心了一下...
原來是他又在耍痞...
哼！真是的...:(

但他竟然開始暗示我該討論見面的細節了...
呵呵...終於...
將近一個月的長期抗戰...我終於贏了...
老天有眼...:)

為了小小地懲罰他讓我等了一個月之久...
我騙他說我長得並不可愛...:P
本想繼續逗他的...直到他說：
「同是天涯沒貌人，相逢何必太龜毛。」
我才答應見他...:)

我們約在大學路的麥當勞...時間是晚上七點半...
好小氣的痞子...竟然捨不得請我吃一頓...:(

小雯說我該遲到個半小時...
算是對男性幾千年來的專制做出無言的抗議...
我才不要呢...我已經浪費了一個月的時間在等待...
我可不願意再多等待一分一秒...:)

我穿著去墾丁時的那套咖啡色系的衣褲...還有Cappuccino背包...
我要帶著那天的愉悅心情去跟他見面...:)
把單車停在NET店門口...慢慢地走到麥當勞...

我一眼就認出藍色的他...
他不僅全身藍色...連發呆的樣子也很藍色...
像是熟識的朋友般...我輕拍了一下他的肩膀...
因為我想看他回過頭來時...滿地找眼鏡碎片的模樣...:)
但他的眼鏡並沒有跌破...我想他一定是嚇呆了...:P

在麥當勞裡...我仔細地端詳著他...
他長得很斯文...但有著因為過度聰明而顯得狡點的笑容...
果然有被稱為痞子的本錢...:)

他講話總喜歡加上手勢...好像說話的是他的手...而不是嘴巴...
咦?在網路上的聊天不也是靠手?
因此有一段時間...
我忘了我到底是置身於網路或是在現實之中?

我們從盤古開天...聊到如何治癒狗的自閉症...
我很自然地和他談天說地...那種感覺像是在自言自語...
因為當我說話時...他總是靜靜地聆聽與在意...

我也喜歡今晚見面聊天時的氣氛...
就像坐在沙灘上...吹著涼涼的海風...
然後訴說著遠方漁船的故事一樣...很平淡也很輕鬆...:)

但我就是想考他...所以我掰出了一套「咖啡哲學」...
當我掰完後...我又看到了他那藍色的發呆表情...:)
沒想到他竟然也能掰出一套「流體力學」...
我發呆的樣子...像咖啡色的嗎?

我開始覺得他不是一個虛幻的人...
他並不只是存活在虛幻的網路世界裡...
在現實生活中...他依然陽剛而堅強、溫柔卻深沉、敏感又多變...
我也覺得我的防禦工事...就像是構築在沙灘上的城堡...

根本經不起海浪的衝擊...
我在他面前...已不再好強...
所以我答應了他明天的邀約...

嗯...離三點一刻還有一個小時...還是再煮杯曼巴咖啡吧！
我知道他那時一定也會上線...
我不想讓他失望...更不想讓我失望...:P

小雯說這叫制約反應...她說我已經沒救了...:~
制約就制約吧！
反正我心甘情願...:)

to be continued......

※
發信人：FlyinDance (輕舞飛揚)
標　題：1997/12/31
日　期：Thu Jan　1 06:03:52 1998

嗯...該用第二人稱的「你」...而非第三人稱的「他」了...
因爲我決定讓你分享我內心最深處的祕密...:)

你果然如我預期般地在三點一刻上線，看來你也被我制約了...:)
只可惜我們下午還得去看電影...
不然我們又可以像從前般聊到天亮...
趕快睡吧...我可不想讓你看到我憔悴的模樣...:~

我在中午12點左右醒來...先洗個澡吧...
對女孩子而言...飯可以不吃...澡不可不洗...:P
我哼著歌...那使我想起開學那天在工學院路上的輕舞...:)
然而當我穿上衣服時...我卻看到了我右手臂上的紅斑...

我愣愣地看著那處紅斑...全身彷彿被凍僵...
解凍後的那一剎那...我蹲在浴室裡...哭了起來...

原來過去這三個多月以來...我只能在網路裡FlyinDance...
並不能在現實生活中輕舞飛揚...
所以我決定聽媽的話...回到台北...對自己的生命負責...

擦乾眼淚...待會你就來了...
今天我們要去看電影呢！應該要愉快的...
可是為什麼要挑《鐵達尼號》呢？
我對悲劇一向是沒有抵抗力的呀！

今天的天氣很好...台南的天氣一向如此...
我把臉蛋藏在你的身後...畢竟我已經沒有本錢再曬一點太陽了...
即使今天的陽光依舊輕輕柔柔...

坐在你的機車後座...我可以看到你耳後泛起的紅潮...
痞子...其實我和你一樣...耳根也會發燙...
然而這只有拂過我耳畔的風可以看見...

而你繞啊繞的...好像在找停車位...
但我知道...你只是想讓我多待在你身後一會...
我說對了嗎？

我用髮夾綁了個馬尾...因為小雯說我臉型的弧線很迷人...
所以我不想讓我的長髮遮住我的臉...
痞子...我希望讓你永遠記住我現在最美麗的模樣...
因為過了今天...我也許就不再美麗了...

在排隊買票時...是我最接近你的時候...
我甚至希望我們就這樣一直排下去...買不到票也沒關係...
但我的右手臂不時地碰觸到你的左手臂...
我感覺到我右手臂上的紅斑正在冷笑著...

在南台戲院內⋯我終於克制不住我自己⋯
我突然發覺我就像 Titanic 一樣⋯即將沉沒在冰冷的海底⋯
親愛的 Jack⋯你又該如何呢？
hate？help？hold？

痞子⋯你並不浪漫⋯你不是那種會被虛構的愛情故事所感動的人⋯
除了 Jack 說了那句：
「Rose, listen to me⋯Listen⋯
　Winning that ticket was the best thing that ever happened to me⋯
　It brought me to you⋯And I'm thankful, Rose⋯I'm thankful⋯」
這時我才看到你坐直身子⋯牽動了一下眉間和嘴角⋯
痞子⋯你知道嗎？我也有同感⋯

你提醒我電影散場了⋯
沒錯⋯屬於我的電影已經散場⋯但屬於你的人生還是得繼續⋯
痞子⋯不是嗎？

但我還是想自私地保留一些跟你有關的東西⋯
我要你在票根上簽名⋯
痞子⋯你好笨⋯:(
那是我認輸的表示⋯我心裡希望你簽下你的本名⋯
這樣我以後的思念才會更具體⋯
如果還有「以後」的話⋯

而且我才會更加確定...你並不只是存活在網路上...

痞子...我終於可以走在 Dolce Vita 的香水雨中...
謝謝你讓我體會「甜蜜的日子」的眞諦...
但很抱歉...再見的話我說不出口...
既然從網路的 mail 開始...就應該以網路的 mail 結束...

距離我第一次 mail 給你的日子...已經三個多月了...
時間似乎不算短...但也不能以長來形容...
我們之間的故事是由我起頭的...所以也要由我來結束...
這叫「解鈴還須繫鈴人」...也叫「有始有終」...
痞子...這次我的成語用得對嗎？

也許正如你所說的...網路雖然迅速...但並不完美...
我可以很快地寄給你我的思念...
卻無法附上掉落在鍵盤上的淚滴...

嗯...天快亮了...
現在的你...在做什麼呢？
突然好想聽到你的聲音...:)

待會再寄給你最後一封mail後...我就該走了...
現在的你...應該正在熟睡吧...

思念

原來我並非不思念她，
我只是忘了那股思念所帶來的衝激而已。
就像我不是不呼吸，
只是忘了自己一直在呼吸而已。
呼吸可以暫時屏息，卻無法不繼續。
所以，我決定去找小雯碰碰運氣。

看完她的mail，我的心情又像是坐了一次雲霄飛車。
但這次更緊張刺激，因為這台飛車還差點出軌。

我從她的日記裡，發現了隱藏在她聰明慧黠的談吐下，
竟然同樣也有顆柔細善感的心。
我不禁想著：當初她在寫日記時，會想到日後有別人來閱讀她的心嗎？
或者只是以網路世界裡的她為發信人，而以現實生活中的她為收信人？
又或者是相反呢？

連續兩個星期，我習慣以自我催眠的方式，
去面對每個想起她的清晨與黃昏，白天與黑夜。
我不斷地告訴我自己，她只能在虛幻的網路裡FlyinDance，
並不能在現實生活中輕舞飛揚。
希望能忘掉這種椎心刺骨的痛楚。

我也不斷地去逃避，逃避pc、逃避任何與咖啡色有關的東西。
把自己放縱在書海中，隱藏在人群裡。
希望能逃避這種刻骨銘心的感覺。
但我還是失敗了。

因為椎心刺骨和刻骨銘心，都有骨和心。
除非我昧著良心，除非我不認識刻在骨頭上的那些字，
我的催眠術才會成功。

但我卻是個識字且有良心的人。

原來我並非不思念她，我只是忘了那股思念所帶來的衝激而已。
就像我不是不呼吸，只是忘了自己一直在呼吸而已。
呼吸可以暫時屏息，卻無法不繼續。
所以，我決定去找小雯碰碰運氣。

to be continued......

那天是1998年1月15日。
一早便下起了雨，台南的天氣開始變冷了。
是天氣的緣故吧！我按門鈴的手一直顫抖著……

『請問小雯在嗎？』
「This is 小雯 speaking。May I have your name？」
『我……我……我是痞子。』
實在不知道該怎麼形容我的名字，
jht她不知道，我老爸給的名字她也沒聽過，只好這樣說了。

「Just a minute！I go down right now！」
沒多久，我聽到一聲關門的巨響。
然後是一陣急促且匆忙的腳步聲。

第一次的親密接觸

阿泰有一套在武俠小說裡所形容的接暗器的方法，叫「聽聲辨位」。

像這種類似放鹽水蜂炮的腳步聲，應該是 B 型的女孩子。

小雯隨便綁了個馬尾，而且還沒用髮帶或髮夾，只用條橡皮筋。

長相如何倒也來不及細看，因爲男生的目光很容易被她的胸圍所吸引。

更狠的是，她還穿緊身的衣服，使我的眼睛死無葬身之地。

如果是阿泰來形容的話，他會說那叫「呼之欲出」。

「你就是痞子？」

她仔細打量著我，滿臉狐疑。

『Yes。This is 痞子 speaking。』

我學她講話，也許會讓她對我有親切感。

「你爲什麼現在才來？」

她雙手插著腰，瞪視著我。

『我……我不知道該去哪裡找她？』

看來小雯對我並沒有親切感，我只好小心翼翼地回答。

「你不會來問我嗎？你研究所念假的？一點智商也沒有！」

『那妳一定知道她在哪裡了！』

我的聲音因爲興奮而顯得有點打顫。

「廢話，我當然知道。我早已經去看過她了，等我期末考考完，
　我就要上台北陪她。那時我不在台南，看你怎麼辦！」

沒想到小雯講話的速度和聲音，也像在放鹽水蜂炮。
『對不起。能不能請妳告訴我，她在哪裡？』

「她在這裡。」
小雯說完後給了我一張字條，上面寫著「榮總」，和一間病房號碼。
我愣愣地看著她。
不過這次的目光往上移了25公分，停留在她的眼睛上。
我彷彿看到她的眼裡噙著淚水。

「在發什麼呆？還不給我趕快去看她！」
『這是……？』
「Shut up！別囉唆了，快去！」
小雯好像察覺到她的聲音和語氣都很不善，於是嘆了口氣，輕聲說：
「還有台北比較冷，記得多穿幾件衣服。」

「砰」的一聲，她關上了公寓大門。
然後又是一陣鹽水蜂炮聲。
小雯恐怕不僅是B型，而是B+型。
下次要跟阿泰報這個明牌，讓他們去兩虎相爭一番。

我聽了小雯的話，多帶了幾件衣服。
不過不是因為我擔心台北比較冷，而是因為我不知道要去多久？
我打了通電話給在台北工作的老妹，告訴她我要去住幾天。

她問我為什麼？
我說我要去找一隻美麗的蝴蝶。

我搭上11點40分遠航往台北的班機。
我想兩個星期前，她一定也搭同樣的班次。
一上飛機，我立刻繫了安全帶，倒不是因為今天的空中小姐很ugly，
而是我已不再相信有任何美麗的空中小姐，身上會有與她類似的香味。

下了飛機，迎接我的，是另一種與台南截然不同的天氣。
幸好台南今天也下雨，所以台北對我而言，只是比較冷而已。
我在老妹的辦公室裡，卸下了行李。
然後坐上277號公車，在榮總下了車。

我進了病房，她正熟睡著，我靜靜地看著她。
她長長的頭髮斜斜地散在棉被外面，
我並沒有看到可以稱為咖啡色的頭髮。
她的臉型變得稍圓，不再是以前那種美麗的弧線。
而她的臉頰及鼻樑已經有像蝴蝶狀分佈的紅斑。
但不管她變成如何，她仍然是我心目中那隻最美麗的蝴蝶。

她的睫毛輕輕地跳動著，應該正在做夢吧。
她夢到什麼呢？
工學院路上的輕舞？麥當勞裡的初會？南台戲院內的鐵達尼號？

還是勝利路巷口的香水雨？

病房內愈來愈暗。

我想去開燈，因爲我不想讓她孤單地躺在陰暗的病房裡。

但我又怕突如其來的光亮，會吵醒她的美夢。

正在爲難之際，她的眼睛慢慢地睜了開來……

她張大了眼睛怔怔地看著我，突然轉過身去。

我只看到她背部偶爾抽搐著。

她變得更瘦了，而我終於可以用「弱不禁風」這種形容詞來形容她。

過了很久，大概是武俠小說裡所說的一炷香時間吧！

她才轉過身來，用手揉了揉眼睛，淺淺地笑著。

我又看見了滿是笑意的慧黠眼神。

「痞子，你來啦！」

『是啊！今天天氣眞好，對吧？』

「對呀！今天太陽也很圓，不是嗎？呵呵。」

這是我們去看鐵達尼號那天，她坐在我機車後的對白。

只是她不知道，台北今天下雨，根本沒出太陽。

「痞子，你坐呀！幹嘛一直站著？」

經她提醒，我才想找張椅子坐下。
在舉步之間，我才發覺雙腳的麻痺，因爲我已經站了幾個鐘頭了。
「痞子，你瘦了哦！」
她眞厲害，竟然先下手爲強。
我才有資格說這句話吧！

「痞子，肚子餓了嗎？中午有吃嗎？」
「醫院的伙食不太好，所以病人通常會比較瘦。」
「其他都還好，不過不能在線上跟你聊天實在是件很無聊的事。」
「痞子，論文寫完了嗎？今年可以畢業嗎？」
等等，躺在病床上的人是妳不是我啊！
怎麼都是妳在問問題呢？

不過，我也沒什麼好問的。
因爲我只是來看她，不是來滿足好奇心的。
也許我該學著電影說出一些深情的對白，
但我終究不是浪漫的人。

而且畢竟那是電影，而這是人生。
我只希望她能早點離開這間令人窒息的醫院，回到溫暖舒暢的台南。
這次我絕對不會讓她一個人漫步在成功校區的工學院路上，
我會一直陪著她，只要不叫我跳舞的話。

過沒多久，她媽媽便來看她了。

50 歲左右的年紀，略胖的身材。

除了明朗的笑容外，跟她並不怎麼相像。

『嗯，我該走了。伯母再見。』

「你……你……」

她突然坐直身子，像是受到一陣驚嚇。

『我明天還會再來，明天的明天也是。直到妳離開這裡。』

to be continued......

在回到老妹的住處前，我先去買瓶 Christian Dior 的 Dolce Vita。

我買最大瓶的，這次要讓她灑到手酸也灑不完。

老妹笑嘻嘻地說：自家兄妹，何需如此多禮。

我告訴她：『妳說得對，所以這不是買給妳的。』

我想要不是因為我們擁有同樣一個娘親，

她恐怕會罵出台灣人耳熟能詳的三字真言了。

當天晚上，我一直無法入眠。

台北的公雞是不敢亂叫的，

所以我只能偶爾睜開眼睛瞥一下窗外的天色。

在第一道陽光射進窗內後，我離開了溫暖的被窩。

我坐上 taxi，因為我不想多浪費時間在等 277 號公車上。

進了病房，她正在看一本小說。
封面上有個清秀的女子畫像，但比她略遜一籌。

「痞子，你終於來了。等你好久。」
『妳昨晚睡得好嗎？』
「我不敢睡得太沉，因為你來了也不會叫醒我。」
『那妳再睡一會？』
「呵呵，你既然來了，我就更加睡不著。」

我送給她那瓶 Dolce Vita，約好她出院那天在榮總大門灑它個痛快。
她問我小雯美嗎？
我說她太辣了，對眼睛不好。
不過阿泰喜歡吃辣，可以讓他們去自相殘殺。

然後她又問我台南的天氣好嗎？
我並沒有告訴她，她離開後的台南，天氣一直不曾好過。
說著說著，她就睡著了。
我不敢凝視著她，因為她的臉上有一隻蝴蝶。

昨晚離開前，我才知道她罹患的是紅斑性狼瘡，俗稱叫蝴蝶病。
但我喜歡的是一隻能自在飛舞的咖啡色蝴蝶，
而不是停在她臉上伴著蒼白膚色的這隻紅色蝴蝶。
況且不能飛舞的蝴蝶還能算是蝴蝶嗎？

「痞子，你幹嘛一直看著我？而且又不說話？」

我也說不上來。

因為我發覺她愈來愈虛弱，這讓我有股不祥的預感。

「痞子，我很渴，想喝點東西。」

我絕不會在此時離開妳半步的。

電影《新不了情》裡，劉青雲到太平山去幫袁詠儀買紅豆糕回來後，

就沒來得及見袁詠儀的最後一面。

我不笨，所以我不會下這種賭注的。

『妳在學電影情節把我支開嗎？』

「痞子，電影是電影，人生是人生。」

電影如何？人生又如何？

在電影《鐵達尼號》裡，Jack要沉入冰冷的海底前，

用最後一口氣告訴Rose：

「You must do me this honor...

　promise me you will survive...that you will never give up...

　no matter what happens...no matter how hopeless...

　promise me now...and never let go of that promise...」

結果呢？

Rose老時還不是照樣鬆手，而把「海洋之心」丟入海裡。

而在真實人生中，為了拍《鐵達尼號》，Rose 刻意增胖。
戲拍完後，還不是因為無法恢復成以前的身材，而放棄減肥。
所以電影和人生其實是有相當大的關連性。

『妳不是剛喝過水了？又想喝什麼？』
「痞子，我又渴了嘛！我現在要喝曼巴咖啡。」
這裡是醫院，到哪裡去煮曼巴咖啡？
而且咖啡這種刺激性飲料，畢竟對身體不好。
『咖啡不好吧。喝點別的，好嗎？』

「痞子，你也知道咖啡不好。所以請你以後少喝點，好嗎？」
我看著她嘴角泛起的笑意，以及眼神中的狡黠，
我才知道她拐這麼多彎就是希望我以後少喝點咖啡。
我心裡彷彿受到一股重擊。

不行了，鼻子突然感受到一股 pH 值小於 7 的氣息。
再不平靜下來，也許淚水會決堤。
我是學水利工程的，防洪是我吃飯的傢伙。
絕不能讓水流越過堤防而漫淹，即使只是淚水。
『好，我答應妳。我盡量不喝咖啡。』

「那順便答應我以後不要熬夜。」
「還有以後別日夜顛倒了。」

「還有早餐一定要吃。」
「還有別太刻意偏愛藍色，那會使你看起來很憂鬱。」
「還有……」

氣氛突然變得很奇怪，好像有點在交代後事的感覺。
我不想讓她繼續，只好說：
『我去幫妳倒杯水吧！免得妳口渴。』

「痞子，飲水機遠嗎？如果遠我就不喝水了。」
從這裡到置放飲水機的轉角，男人平均要走67步，女人則要85步。
加上裝水的時間，平均只要花1.8至2.1分鐘，不算遠。
『不會的，很近。』

「痞子，趕快回來。我不想一個人，好嗎？」
她很認真地看著我，然後低下頭輕聲說：「我很怕孤單。」
我這次沒有回答。
低著頭，加快了腳步。

to be continued......

最後的信

如果我還有一天壽命，那天我要做你女友。
我還有一天的命嗎？沒有。
所以，很可惜。我今生仍然不是你的女友。

如果我有翅膀，我要從天堂飛下來看你。
我有翅膀嗎？沒有。
所以，很遺憾。我從此無法再看到你。

如果把整個浴缸的水倒出，也澆不熄我對你愛情的火燄。
整個浴缸的水全部倒得出嗎？可以。
所以，是的。我愛你。

「痞子，吃宵夜去吧！學弟請吃鵝肉。」
是阿泰在叫我。

三更半夜裡，很多研究生都會相約一起出去吃點東西。
有時會喝點酒，因為大家都有一肚子的悲憤。
以前我常喝酒，但這兩個月來倒是都不喝了。

『等我10分鐘，我喝杯咖啡。』
到今天為止，輕舞飛揚已經離開我快兩個月了。
我總是在每天深夜的三點一刻，上了線，關掉所有的Page。
讓jht靜靜地陪著FlyinDance 10分鐘。

雖然現實生活中的她，已不再能輕舞飛揚。
但我仍然希望網路世界裡的她，能繼續 Flying in Dancing。
阿泰常罵我傻，人都走了，還幹這種無聊事做啥？
可是即使她已不在人世，我仍然不忍心讓她的靈魂覺得孤單。
因為她說過的，她怕孤單。

「痞子，你不是戒掉咖啡了嗎？」
阿泰好奇地問著。
其實我一直記得那晚她的囑咐，所以從那時起，我也就不再喝咖啡了。
但今夜的我，卻有一股想喝咖啡的衝動，而且我要多煮一杯給她。
因為今天是3月15，她滿22歲的日子。

我記得1月17那天，台北的雨下得好大。
當我趕到榮總時，他們告訴我說：
凌晨三點一刻，98病房內飛走了一隻咖啡色的蝴蝶。
然後我就什麼也不記得了。

我只知道我在277號公車的站牌下，站了一整天。
小雯說得沒錯，台北實在好冷。
老妹就比較笨了，竟然問我為何臉上會這麼濕？
難道她不知道那天台北的雨實在很大？

這兩個月以來，我很努力地不去想起她。
畢竟飯還是得吃，覺還是得睡，課還是得上，論文還是得趕。
我希望自己不會無時無刻地想起她，而這種希望……

就好像我希望天空不是藍色的；
就好像我希望樹木不是綠色的；
就好像我希望星星不在黑夜裡閃耀；
就好像我希望太陽不在白天時高照。

我知道，我是在希望一種不會發生的情況。
沒想到在現實生活中，我還是扮演著第二種人的角色。

而我哭過嗎？

No way！我說過了，我是防洪工程的高手。

將來長江三峽下游的防洪措施，搞不好我還會參與。

如果心裡一有pH值小於7的感覺，我就會趕緊上線去看joke板，

讓一些無聊低級黃色的笑話，轉移我的注意力。

所以一切都跟去年9月多以前還沒遇見她時一樣，

阿泰仍然風流多情，而我依舊乏味無趣。

只是研究室窗外的那隻野貓，似乎都不叫了。

上了線，關掉Page，準備去飲水機裝水煮咖啡。

三樓的飲水機壞了，只好到二樓去裝水。

在等待盛水的時間裡，我看到了一封放在研究生信箱的信件。

我是博士班的學生，信箱在三樓，二樓是碩士班研究生的信箱。

信封外面的收件地址只寫：成大水利工程研究所。

而收件人更怪，寫的是：「痞子蔡」。

我想不出系上還有哪一個人有這種天怒人怨的綽號，

所以應該是寄給我的信。

我拆開一看，裡面有張信紙，還有另外一個咖啡色的信封。

信上寫的是：

蔡同學你好：

我是輕舞飛揚的室友。

很抱歉，我並不知道你的大名。

我也不方便稱呼你為痞子，因為這是她的專利。

前幾天她家人整理她的遺物時，

發現了這封咖啡色的信，託我轉交。

我只知道你的系所，只得硬著頭皮，碰碰運氣了。

也許輕舞飛揚在天之靈會保佑你發現這封信。

那麼，祝你幸運了。

小雯

信是在一個多月前寄的。

我想小雯在寫這封信時，一定掉了很多眼淚。

因為信紙上到處是濕了又乾的痕跡。

而那封咖啡色的信，信封上有著另一種娟秀的字體。

寫著：「To：痞子蔡（我的青蛙王子）」

這是我第一次看到輕舞飛揚的字跡。

沒想到她的字，也會輕輕地舞著。

我忍住顫抖的手，慢慢地拆開這封咖啡色的信。

裡面有張照片，

和南台戲院1997年12月31日下午2點20分11排13號的票根。

票根上在「痞子蔡」的簽名旁，她又簽下了「輕舞飛揚」。

另外還有一張藍色的信紙。

信紙上有我熟悉的 Dolce Vita 香水味道。

照片上的她，站在一片青綠的草原上。

並穿著我們第一次見面時的那套咖啡色系的衣服。

也就是像炭燒咖啡的鞋襪、像摩卡咖啡的小喇叭褲、

像藍山咖啡的毛線衣，

還背著那個像 Cappuccino 咖啡的背包。

照片後面寫著：

> Dear jht：
>
> 咖啡色是雙魚的我，藍色是天蠍的你。
>
> 咖啡色的信封內裝著藍色的信紙，知道我的意思了嗎？...:)
>
> 看到我這杯香濃的咖啡，你會想喝嗎？
>
> 口水千萬要吸住，別滴下來哦！...:P
>
>
> Flyin Dance

我閃過一絲苦澀的笑容。

我想我會滴下來的，應該不是口水。

而藍色信紙的內容很簡單：

如果我還有一天壽命，那天我要做你女友。

我還有一天的命嗎？沒有。

所以，很可惜。我今生仍然不是你的女友。

如果我有翅膀，我要從天堂飛下來看你。

我有翅膀嗎？沒有。

所以，很遺憾。我從此無法再看到你。

如果把整個浴缸的水倒出，也澆不熄我對你愛情的火燄。

整個浴缸的水全部倒得出嗎？可以。

所以，是的。我愛你。

輕舞飛揚

我的胸口很輕易地被撕裂，眼淚迅速地如洪水般潰決我的防洪工程。

驕傲無情的我，再也抵擋不住滿臉的淚水。

她終於也改了我的plan，並討回了我積欠她的，

兩個月的淚水。

後來奧斯卡金像獎揭曉，《鐵達尼號》囊括最佳影片等11項大獎。

但是Rose並沒有拿到奧斯卡最佳女主角獎。

連老Rose也是一樣，與奧斯卡最佳女配角獎擦身而過。

原來在電影裡悲慘的，在人生中也未必不倒楣。

而現實生活中的Jack，到底應不應該對Rose「Never let go」呢？
也許他不必擔心這個問題，
因為那隻美麗的咖啡色蝴蝶，永遠在他心中翩翩飛舞著。

_ The End _

發信人：FlyinDance@bar (輕舞飛揚)，信區：novel
標　題：Re: 第一次的親密接觸 (34) ... Over
發信站：成大資訊所_BBS (May 29 04:16:59 1998)
轉信站：bar

　　我輕輕地舞著，在靜謐的天堂之中。
　　天使們投射過來異樣的眼神。
　　詫異也好，欣賞也罷，
　　並不曾使我的舞步凌亂。
　　因為令我飛揚的，不是天使們的目光，
　　而是我的青蛙王子。

〈番外篇〉
Before the First Touch

1.

「各位旅客，台北站快到了，要下車的旅客，請您收拾好隨身攜帶的
　行李，準備下車。」

火車上的廣播聲喚醒閉目養神的我，低頭看了一眼左手腕上的錶，12點
41分，如果準時的話，火車再兩分鐘就會抵達台北車站。
坐直身體右轉頭望向窗外，灰濛濛的天空下著小雨，
雨滴碰觸車窗後以30度角往右下滑動。
雖是中午時分，但透過濕漉漉的車窗望去，街景和行人都顯得暗淡。

灰暗的世界中，有棟建築物的牆上由紅漆寫出的「8」特別搶眼。
那是連續八棟三層樓高的長條形建築，每棟的二樓以天橋連接彼此，
把這八棟串在一起，像是擺放在地面上的八節巨大車廂。
每棟建築面南的牆上都有紅色編號，我最先看到8，然後是7，
於是我在心中倒數：6、5、4……

最後出現紅色的「1」後，火車微微向右彎，終於要進台北車站了。

我的隨身行李只有一把傘，左手抓著傘排隊下了火車。
跟著人潮流動的方向擠出月台，邊走邊閃穿過鬧哄哄的車站大廳。
站在車站大門口，深深吸了一口氣，撐開傘邁開大步走進雨中。
我朝火車進站的路線往回走，目標就是剛剛看到的八節巨大車廂。

那八棟三層樓高的建築物就是著名的中華商場，以八德爲名，
由北到南依序是：忠、孝、仁、愛、信、義、和、平棟；
牆上的紅色編號則分別是從1到8。
我和筆友約好在連接4號棟和5號棟的天橋上碰面，
也就是愛棟和信棟間的天橋。

這個筆友叫江佳娟，念東吳社會系，跟我一樣是大一。
我和她在大一下學期初開始通信，迄今大約四個月。
她在5月底寄來的信上說，6月下旬考完期末考、結束大一生涯後，
她想去中華商場逛逛順便買錄音帶，然後去附近的西門町看場電影，
由周潤發和王祖賢主演的《長短腳之戀》，她說她超愛周潤發。

我回信說我很喜歡王祖賢，如果可以一起看那部電影應該會很棒。
她再回信說，如果我不介意台南台北距離遙遠、火車票昂貴，
她很歡迎我到台北跟她一起看電影。
不管這是否只是客套話，我回信說一點都不介意而且很樂意。

於是我們在接下來的信件中討論見面細節,才有天橋之約。

約定的時間是下午1點半,我在1點10分抵達約定地點。
暫時離開天橋,去洗手間解放體內多餘的液體,然後用清水洗個臉,
把臉擦乾,照鏡子順一順頭髮,重新調整皮帶長度,紮好衣服。
深呼吸幾次緩和緊張情緒後,再走回約定地點。
看了看錶,1點15分。

我依照給她的信上所寫,穿著社團短袖T恤,底色是天空藍,
正面左上角印了一片綠葉,背面印上黃色的字:環境保護。
她的信裡沒寫她的穿著,只說應該很容易認出我穿的T恤,
然後她會走到我面前說:我是王祖賢。
我則要回答:我是周潤發。
一想到這,我不自覺笑了起來,**繼續四下張望等待王祖賢**。

這裡的天橋不僅在各棟二樓之間連接南北,
也連接大馬路的東、西兩側,彷彿成了天橋網。
今天是週末,雖然飄著細雨,但天橋上熙來攘往,非常熱鬧。
所有人都撐傘移動,只有我撐傘呆站著,非常突兀。
再忍一忍,1點25分了,王祖賢很快就會出現。

上週四我給她的信,信尾寫:「風雨無阻」;
週三收到她的回信,信尾寫:「不見不散」。

我前天去買了火車預售票，這天還是豔陽高照的六月天。

今早我出門時，台南依舊是大晴天，但聽說台北昨晚就變天了。

如果之前我們有考慮到可能會下雨，或許約定碰面的地點會不一樣。

但現在我只能在一大片移動的傘海中，獨自撐著傘站在天橋上。

突然心下一驚，已經1點半了。

心跳越來越快，全身似乎發熱，握著傘的左手有些抖。

伸出右手到傘外試試雨滴大小，只是非常輕柔的細雨。

索性收起傘，這樣我的視野比較遼闊，她也更容易發現沒撐傘的我。

淋著細柔的雨絲，全身不再發熱，也降低因緊張而加快的心跳速率。

或許因為害怕酸雨，路過的人都緊抓著傘，小心翼翼不被雨滴碰觸。

當他們經過沒撐傘的我時，不禁露出詫異的神情：這傢伙瘋了嗎？

但我依然得接觸人群的目光，以便迎接她的出現。

手錶顯示1點40分，她遲到了。

雖然雨很小，但畢竟是雨天，雨天出門本來就容易遲到。

中華商場路邊一堆公車站牌下擠滿了人，各種號碼的公車來去頻繁。

她信上說要搭公車來赴約，那麼等車和上下車的時間都很難抓準。

下雨天要搭擁擠的公車，即使遲到20分鐘也可以接受。

但我站在天橋上左顧右盼，一直承受異樣的眼神讓我越來越尷尬。

我轉過身，兩手趴在天橋兩側的金屬欄杆上，背對天橋。

反正她仍然可以輕易看到我T恤背面黃色的環境保護四個字。

偷瞄一眼手錶，快1點50分。

背對天橋等人似乎有些不禮貌，便又轉過身，重新接觸路人的視線。
面對不斷投來的異樣眼神依然令我尷尬，再度轉身趴在天橋欄杆上。
我像是失眠的人，無論如何改變睡姿都一樣睡不著。
在翻來覆去之際，看了看錶：2點10分了。

此情此景讓我聯想到尾生這號人物。
尾生在橋下等一個女子，結果女子沒來，河水卻暴漲。
因為不願失信離開，最後抱著橋柱淹死。
我現在趴在天橋欄杆上，像尾生抱著橋柱嗎？
幸好雖然同樣是橋，卻是天橋，雨下再大、水漲再高也不怕淹死。
但重點是：她和那個女子一樣沒來啊！

我開始慌了，甚至不確定約定的時間和地點正確嗎？
「6月25日星期六下午1點半，在中華商場連接4號棟和5號棟的
　天橋──也就是愛棟和信棟間的天橋上碰面。」
信上這些文字，我背得滾瓜爛熟，就是此時和此地，沒錯啊！
可是已經2點半了，為什麼她還沒出現呢？

她會不會不來了？
剛浮現這念頭，很快這念頭便像一顆巨石丟進腦海，
撲通一聲後腦海裡充滿漣漪。
我趴在天橋欄杆上往下看，深深嘆了一口氣：她應該不會出現了。

我得小心，雖然不會像尾生那樣淹死，但如果想不開往天橋下跳，
還是可能會摔死。

再轉過身接觸天橋上行人的視線時，剛好是3點。
我眼神呆滯，不再對投射過來的異樣目光感到尷尬。
之前路人經過沒撐傘的我時，會露出詫異的神情：這傢伙瘋了嗎？
現在他們的眼神滿是同情：這傢伙真可憐。
我覺得渾身無力而且雙腿很痠，便蹲了下來。
可惜沒有碗公，不然把碗公放在面前，應該可以收到不少零錢。

我打起精神，站起身，看了看錶，3點40分。
雖然雨一直都很細小，但整整淋了兩個小時，全身也算濕透。
終於又撐開傘，隨便選個方向離開天橋，走到信棟二樓。
經過佳佳唱片行，想起她信上說要來這裡買唱片，便走進這家店。
牆上貼了排行榜，國語排行榜冠軍是王傑的《一場遊戲一場夢》。
這張去年12月發行的專輯，至今半年來都是排行榜冠軍。

隨手從架上拿下一卷，沒想到右手突然無力，那卷錄音帶直接落地。
砰的一聲，幾乎所有人同時轉頭朝向我，我漲紅了臉，非常尷尬。
假裝若無其事蹲下去撿起錄音帶，發現壓克力外殼已有裂紋。
如果直接放回架上就太沒品了，只好故作鎮定走向櫃臺結帳。
室友阿傑去年就買了這卷錄音帶，這半年來他常常播放。
裡頭所有的歌我早已聽到爛，而我竟然特地到台北買了這張專輯？

阿傑常哼唱這張專輯裡最紅的歌——〈一場遊戲一場夢〉的副歌：
「喔……為什麼道別離……」
莫名其妙買了這張專輯的我，現在腦海和耳畔也不斷響起：
「喔……為什麼道別離……」
搞得我快瘋了。

在瘋掉前本想馬上坐車回台南，但肚子餓得慌只好先覓食。
今天早上坐火車前吃塊麵包，之後因為天橋相約的緊張感就沒進食。
我走進義棟一樓的點心世界，叫了一份鍋貼和一碗酸辣湯。
終於可以坐下來，對比呆站在天橋上淋雨，真是恍如隔世。

我只買台南到台北的單程火車票，沒買來回，因為不確定回程時間。
之前常幻想跟她見面時的驚喜情景，碰面後一起逛逛中華商場，
陪她去佳佳唱片行買唱片，然後到西門町看電影《長短腳之戀》。
看完電影後共進晚餐，晚餐後也許欣賞夜景、逛逛夜市之類的。
如今只有到佳佳唱片行買唱片勉強跟幻想的情景沾上邊。
但卻是買了早已聽到爛熟且外殼有裂紋的《一場遊戲一場夢》。

離開點心世界，要走去搭客運回台南。
才下午5點，本應是白天但天空依舊灰暗，彷彿快入夜的光景。
走著走著雨突然變大了，我舉起左手想撐開傘……
搞笑了，左手根本沒有傘，只有那卷外殼有裂紋的錄音帶。
我居然把傘留在點心世界忘了帶走。

雨越下越大，完全沒有停歇的跡象。

不管了，再衝一小段路就可以到客運站，衝吧！

「喔……爲什麼道別離……」

這句歌聲還是重複響個不停，彷彿一直在問爲什麼要急著離開呢？

我終於受不了，停下腳步朝天空大喊：

『因爲被放鴿子了啊！』

2.

搭上回台南的客運，車內的冷氣很強，一路上全身又濕又冷。

我應該是著涼了，身心都是，在宿舍躺了兩天才好些。

阿傑知道我被放鴿子，不僅沒安慰我，反而放聲大笑。

當他看到我買了外殼有裂紋的《一場遊戲一場夢》，更是笑岔了氣。

「那只是一場遊戲一場夢，不要把殘缺的愛留在這裡……」

他大聲唱了起來。

「她早就暗示她不會去了。」阿傑說。

『有嗎？』我很疑惑。

「她不是跟你約在中華商場愛棟和信棟間的天橋上嗎？」他笑了笑，

「那表示她既不想愛你，也不打算守信。」

『胡扯。』

「其實她可能一時衝動答應跟你見面，但見面那天卻沒勇氣出門。」

『為什麼？』

「她應該長得不好看，怕見面後見光死，你就不再寫信給她了。」

他說，「既然她長得不好看，你就別浪費時間寫信給她了。」

『你不要自己亂下結論。』我說。

「以後就叫她放鳥娟吧。」阿傑又大笑。

阿傑睡我下鋪，他是我們班第一個成功見到筆友的人。

我常跟他聊起與江佳娟通信的內容，他偶爾會建議我寫些什麼。

「我很喜歡王祖賢，如果可以一起看那部電影應該會很棒。」

這段話就是他教我寫的，也因為這段話才衍生出跟她見面的約定。

因此他說她怕見光死所以爽約，或許有些道理。

另外一位室友光仔倒是一味安慰我，也說他感同身受。

「鴿子固然可憐，但放鴿子的人可能也是不得已。」他說。

我想起他在大一上學期末也曾與筆友相約見面，卻沒見成。

剛進大學時，系上幫我們班男生找了台南師院語教系的女生當筆友。

這是我們這群大一新鮮人的第一個筆友，大家都感到新鮮和興奮。

雖然筆友是藉著書信發展友誼，著重在心靈交流，未必要見面；

但在同一座城市念書，彼此又爲異性，因此通信一陣子後就想見面。
光仔跟他筆友通信三個月後，終於水到渠成相約見面。

那時光仔爲了見她，特地向班上同學借了一輛機車。
車身爲紅白塗裝，車架與坐墊爲黑色，紅色輪框，外觀超酷又拉風。
這是山葉追風135，型號RZR，坐墊後方的車身尾端印上「追風」。
光仔跟那位同學拜託了很久，他才肯借給光仔一天。
條件是光仔得幫他寫一學期的必修課作業。
這條件太苛，我勸光仔別借了，但光仔卻說條件再苛都值得。

「你想像一下，語柔坐在機車後座，上身順勢前傾貼著我後背，雙手
　緊緊環抱我的腰。」光仔得意大笑，「別人騎這部機車是要追風，
　我騎的話就是讓風追啊！」
光仔筆友的名字是語柔，他只要提到語教系的語柔，就會語無倫次。

他們在今年1月初相約見面，那天光仔剛把停放路邊的RZR牽出，
跨上機車正要發動的瞬間，一輛疾速行駛的車子直接撞上機車右側。
「機車都還沒騎，我就不省人事，醒來時已經躺在病床上了。」
他苦笑，「就連撞我的車子是白色還是黑色，我都不知道。」
光仔在醫院躺了五天才出院，他怕挨罵，不敢告訴家人。
於是醫藥費六萬多和修車費兩萬多，合起來約九萬，他得自己償還。
此後他開始過著利用下課時間四處打工賺點錢的緊湊生活。

光仔出院後立刻寫了封道歉信給語柔，一個禮拜後收到回信。
她寄來的信紙上只有三句話：
「這就是我的樣子，但你以後都沒辦法看到了。盡情後悔吧！」
信封內附上兩張照片，一張是生活照、另一張則是翻拍學生證。
生活照裡的女孩長髮飄逸、笑容燦爛，外貌可算是正妹一枚。
虧她想得出利用拍學生證來證明生活照裡的女孩就是她本人。

收到照片時光仔如獲至寶，笑得合不攏嘴，直誇語柔是美女。
她是不是美女根本不是重點，重點是她餘怒未消，不打算再理他。
但他似乎不在意，小心翼翼珍藏那兩張照片，也常拿出來欣賞。
光仔被車撞至今已快半年，他還是會不定期寫信給語柔，
而她確實不再理會他，從未回信。

我曾勸他不要再寫信了，她連他被車撞也不能原諒，心真狠。
「她不知道我被車撞。」光仔說，「我只說我忘記要赴約而已。」
『啊？』我大吃一驚，『你為什麼不說你被車撞？』
「如果她知道我被車撞，也許會覺得我是因為她才會受傷。」
他搖搖頭，「我不想讓她感到內疚。」

光仔個性看起來散漫，但其實心思很細膩，甚至想太多了。
他勸我不用追問放鳥娟那天沒出現的原因，只要再寫信約她見面。
但台南的鴿子跑到台北卻被放，再從台北飛回台南，翅膀大概斷了。
我已經無心思考到底要不要再約她見面。
我只是很想知道，她為什麼失約？

阿傑和光仔都認為她那天沒去中華商場，但小安不這麼認為。

小安認為她去了，只是沒出現在我面前。

「第一次相約見面，你說了你的穿著，她卻沒說她的穿著也沒說會帶
　信物以方便相認，於是她能認你，而你不能認她。這樣很怪。」

『也許她覺得她能認出我就夠了。』我說。

「而且約定的地點更怪。」他搖搖頭。

『地點有問題嗎？』

「她約你在連接4號棟和5號棟的天橋上碰面，但天橋上所有人都在
　移動，而你卻只能站著等人來認你。這實在是太怪了。」他說，

「約在4號棟或5號棟的天橋邊碰面就好，幹嘛要上天橋？」

他說得有道理，我無法反駁。

小安是我最後一位室友，他常說「怪」，但其實他才是奇怪的人。

記得剛進大學上第一堂體育課時，他走近我，問：「你怎麼拉的？」

『拉什麼？』我一頭霧水。

「為什麼大家的運動服領口都是尖的，而我怎麼拉都還是圓的？」

他一面說一面用手拉領口，似乎想把圓的拉成尖的。

我們的運動服正面是V領，背面才是圓領。

『你不要再拉了，你只是前後穿反而已。』我哭笑不得。

「是嗎？」他繞到我背後看了看，「這樣好怪。」

看完後他的手依然持續拉領口，似乎還想把圓領拉成Ｖ領。

我那時心想：你才奇怪吧。

有一晚小安洗完澡回寢室時，只穿著內衣褲的他一進門便脫掉內褲，

然後在寢室裡直線來回走動，一次又一次，嘴裡還哼著歌。

我、阿傑和光仔都驚呆了，久久說不出話。

「欸，你在幹嘛？」阿傑終於開口。

「我在遛鳥啊。」小安沒停下腳步，繼續走來走去。

我、阿傑和光仔完全凍僵，無法動彈。

我們寢室四人都是念水利工程，但小安的書架上卻擺滿心理學書籍。

他是個認真的學生，從不蹺課，平時總是研讀心理學而非水利工程。

他說將來要考台大心理系的轉學考，不管考幾次一定要考上。

小安確實是奇怪的人，但有時聽他談話會讓人有種醍醐灌頂的感覺。

『那我要怎麼知道她那天有赴約，只是不跟我相認而已？』我問。

「你寫封信給她，信裡問：妳那天有在天橋上看見我嗎？」小安說，

「她當然說沒有，但你再寫信問：妳真的沒有在天橋上看見我嗎？」

『為什麼連續問兩次？』

「等你收到她第二封回信時就會知道了。」

我聽得雲裡霧裡，但他似乎很篤定。

筆友間的默契是收到信後才回信，一來一往，除非有特殊情況。

我和放鳥娟之間的前一封信是她寄給我，所以接下來輪到我寫信。
但因為中華商場見面之約她爽約了，這就是特殊情況，
照理說她應該和光仔一樣馬上寫封信跟我解釋或道歉。
然而我從台北回來已經一個禮拜，還沒有收到她的來信。

再等下去應該也收不到信，或許她覺得不管如何就是輪到我寫信。
我只好先寫信給她，信中沒提那天我坐四個小時火車到台北，
還在天橋上淋雨等了兩個多小時，最後帶著一身濕冷回台南；
我只說去了但沒看到她，不知道她有沒有發生什麼事？人還好嗎？
最後在信裡問一句：妳那天有在天橋上看見我嗎？
六天後終於收到回信，信的內容既不像「道歉」也不像「解釋」。

她說從學校要搭兩路公車才會到達中華商場，但下雨天容易塞車，
從第一路公車下車要轉搭第二路公車時，她覺得可能會遲到半小時。
她左思右想，決定不到中華商場也不回學校，改搭另一路公車回家。
「我猜想你在雨天出門可能也碰到跟我類似的狀況，於是沒有赴約；
　或是當我趕到中華商場時，你卻因為等了半小時等不到我而離開。
　當初相約不見不散，應該要改一個字變成：不見就散，那就好了。
　至於你最後的問題，因為我沒去，所以沒在天橋上看見你。」

看她輕描淡寫說出沒赴約的原因，感覺像是天經地義、理所當然。
如果真的放人鴿子是不可能如此坦然輕鬆，應該會自責或愧疚。
我有點相信小安的說法：她應該有去，只是沒有出現在我面前。
我馬上再寫一封信，假裝若無其事，也對她的說法不置可否。

重點是在信裡再問：妳眞的沒有在天橋上看見我嗎？

幾天後，她回信了。
「你煩不煩？可不可以不要再問了？如果你只想問這種問題，那請你
　不要再寫信給我了！慢走不送。」
從回答的內容和語氣來看，她很明顯動怒了。
這是跟她通信以來第一次感覺到她的怒氣。

『我問了兩次，她生氣了。』我說。
「說謊的人通常第二次回答就會生氣了。」小安說，「第一次回答時
　只能說謊，但第二次回答相同問題還得再說謊時，就會生氣了。」
『她說謊？』
「嗯。」小安點頭，「所以她那天有在天橋上看見你。」
既然她那天來了，還看到我，那爲什麼不來認我呢？

我想了一下便如夢初醒。
她不說穿著確實是爲了讓我無法認她，而她卻可以由我的穿著認我。
她把見面地點選在天橋上，於是所有人都會經過我面前。
當她從我面前經過時，便和其他人沒兩樣，我無法察覺出異樣。
但如果約在天橋邊，只要有人靠近我，我就會覺得是不是她來了？
總之她既可以認出我也可以決定要不要跟我相認，而我毫不知情。

所以她在天橋上看到我了，但根本不想跟我相認，選擇離開。

阿傑說反了，會見光死的人不是她，而是我。

3.

中學時代念的是男校，沒在意自己的外表，照鏡子的時間很短。
上大學後變得比較敏感，偶爾在不經意間得到自己外貌的評價。
比方剪完頭髮後，理髮師總會拿面鏡子在我背後，配合面前的鏡子，
以各種角度照啊照，展示新剪完的髮型好不好看？是否令我滿意？
我和理髮師應該覺得怎麼照都不好看，又不想昧著良心說好看，
於是通常會是一陣尷尬的沉默。

其實像我這種人，即使剪出難看的髮型也不會怪罪理髮師。
因爲我知道自己要負大半責任。
雖然有自知之明，但見光死這件事還是讓我有挫折感。
而且對我外表的認知，搞不好還得下修。

我和放鳥娟已通信四個多月，以後應該做不成筆友了。
第一封信是由我寄給她，告別信也該由我來寫，這叫有始有終。
最後這封信裡，我並未埋怨或指責她在天橋上不與我相認。
也許她就像理髮師，如果我剛剪完的髮型看起來不好看，
未必都是她的錯，可能我要負大半責任。

信尾我寫上：曹操來了。

這其實是她的梗，她曾說學校名字叫東吳，所以只要說：曹操來了！
那麼校園內所有學生就會立刻跑掉。
我以前覺得這梗很無聊，但現在很好用，一寫她就明白了。
這是我第二個筆友，生命期四個多月，死因是見光。
第二個筆友伴隨我的大一生涯一起結束。

而我的大一生涯，可以說是由交筆友開始。
我們寢室四個人的第一個筆友都是台南師院語教系的女生，
那時我們還比賽誰可以跟筆友見面？誰能通信最久？

阿傑才寫兩封信，筆友便寄了張照片給他。
他拿照片向我們炫耀，那女生的外表很亮麗，還有嫵媚的笑容。
通信一個月後他就跟筆友相約見面了，她甚至還走進我們寢室參觀。
照理說女生不能進男生宿舍，而且宿舍門口也貼告示：女賓止步。
但宿舍門口沒警衛，告示牌上的「止」也被加了一橫變成「正」。
「我叫她踢正步進來就可以了。」阿傑笑得很開心。

阿傑跟筆友見面後就不再寫信，他說因為筆友已昇華成正式朋友。
他應該只是懶得再寫信而已，而她確實已成為他的異性朋友之一。
他們似乎有點曖昧，但她也只是跟阿傑有曖昧的異性朋友之一。

小安通信一個半月後，收到筆友寄來一個大的牛皮信封，
裡面裝了五封他寄給她的信和一張小信紙。信紙上只寫：

「你每次寄信來都忘記貼郵票，怎麼提醒你都沒用。我想最好的解決
　辦法就是：你——不——要——再——寫——信——來——了！」

小安總是忘了貼郵票，而她為了要收信就得支付他欠的郵資。
於是那五個信封外面都貼上欠資郵票，面值1元、2元、3元都有。
反正平信郵資3元，欠資郵票的總面值也要3元。
我們其他三個人都是第一次看見欠資郵票，非常好奇，反覆細看。
至於小安為什麼老是忘了要貼郵票，我們根本不訝異，也毫不在意。

我的第一個筆友叫李欣梅，由於念台南師院將來可能成為國小老師，
而且語教系是語文教育學系的簡稱，因此也許她有職業病。
她會仔細挑我寫的錯別字，回信時她會寫出正確的字並且認真說明。
本來應該是筆友間的心靈溝通，變成彷彿老師在改學生寫的報告。
為了完美寫好每封信，我特地買本字典隨侍在側，方便寫信時查閱。
可惜通信兩個多月後，她寫信跟我說很抱歉，應該要結束了。

原來她上個月在校園中偶遇國小同學，她和他國小畢業後就失聯。
經過各自的六年中學生涯，最終一起進台南師院就讀，緣分真奇妙。
三天前他向她告白，他們正式成為男女朋友。
如果繼續跟我通信，她會有罪惡感，覺得自己像紅杏。
「後來我才發現你會在信裡故意寫一兩個錯別字讓我挑，可能你知道
　這會讓我有成就感，謝謝你。你一直是細心體貼的人，祝福你可以
　早日遇見也對你細心體貼的女孩。」

這個筆友是個認真的人，每次讀她的信都能感受到信紙承載著厚重。
原以為她應該很嚴肅，後來覺得她只是專注而已。
就像她對男朋友專注，於是不想分心思給其他男生，即使只是筆友。
我可以接受她這種想法，只是很可惜不能跟她繼續當筆友。
「這女孩不簡單。」阿傑說，「我很敬佩她。」
他竟然用了敬佩這個字眼，我有點訝異。
「以後就叫她李紅杏吧。」阿傑笑說。

光仔的台南師院語教系筆友就是語柔，通信三個月後相約見面，
不過見面那天他被車撞於是見不了面。
之後光仔偶爾會寫信，但她根本沒回，所以通信時間只能算三個月。
比賽結束，第一個也是唯一跟筆友見面的，是阿傑；
通信最久的，是光仔。

系上找的第二個筆友是東吳大學社會系的女生，但光仔不想要，
他只想寫信給語柔，雖然語柔已不再理他。
阿傑覺得這次的筆友南北相隔太遠，應該見不了面，心態便很隨興。
他在信封的郵票表面塗一層膠水，於是郵戳只會蓋在乾了的膠水上。
把郵票從信封剪下，在水裡浸泡一會，便可以撕掉郵票表面的膠水。
他們通信一個月，兩個人每封信都用同一張郵票。

一個月後阿傑在撕掉膠水的過程中不小心弄破了郵票。
「這是天意。」阿傑說，「表示我不應該再寫信了。」

我覺得這是藉口，阿傑通信的時間極限大概就是一個月。

而總是忘記貼郵票的小安卻遲遲未寄出第一封信。
一般男女生交筆友，第一封信通常是男生寄給女生，這是原則。
我提醒他好幾次，要他記得先寫信，他都說知道卻沒行動。
小安的筆友可能因為等太久沒收到信覺得怪，反而先寫信給他。

小安一收到信時很納悶：「怪了，為什麼有陌生人寫信給我？」
他看了寄信人地址才想起她是筆友，而自己一直忘了要先寫信給她。
但他沒覺得不好意思，又拖了好幾天才回信，而且還是忘記貼郵票。
我猜那女生收到信後應該很火大，所以始終沒回信。
原本以為小安很慘，寫信給筆友卻沒收到回信；
後來才知道跟筆友通信四個月後相約見面卻被放鴿子的人更慘。

放鳥娟就是我第二個筆友，相較於第一個筆友的認真甚至帶點嚴肅，
她顯得隨和與輕鬆，彷彿寫信時都是帶著笑容。
但那種笑容很像服務生式的笑容，雖然算不上虛偽，卻很刻意。
我雖無緣見到她，卻有緣被她見到，不知道這算有緣還是無緣？
大一生涯共交了兩位筆友，通信時間加起來快七個月，我覺得夠了。
我以後應該不會再交筆友。

大二剛開學沒幾天，光仔終於還清九萬塊債務。
他總共花了將近八個月時間打工，尤其暑假時更是加倍拼命。

光仔請我吃大餐，因為我常幫他還另一種債務——寫必修課作業。
小安在暑假期間第一次考台大心理系轉學考，但沒考上。
「明年再繼續。」小安說。

阿傑則是約會不斷，而且好像不是跟同一個女孩。
『如果你忙不過來，我可以幫你分擔一些工作量。』我開玩笑說。
「好。」阿傑說，「給你介紹個女孩，讓你們去成功廳看電影。」
我嚇了一跳，愣愣地看著他，不知道他是否也是開玩笑？
「這是真的，不是做夢。」他哈哈大笑，拍拍我肩膀。

成功廳是學校的禮堂，每週末會放映電影，憑成大學生證入場。
本週放映的電影是今年4月奧斯卡金像獎大贏家——《末代皇帝》。
阿傑和他那個筆友——踢正步的女孩也約好要一起去看。
『她又不是成大的學生，怎麼進去看？』我問。
「我去借張學生證就好。」他說。

阿傑很快幫我約了個女孩，看似輕描淡寫，其實過程頗曲折。
他讓踢正步的女孩協助，踢正步的女孩問了同班同學李紅杏，
李紅杏有個同校念初等教育系的朋友想看《末代皇帝》，便湊成了。
「原本她不想跟陌生男孩看電影，李紅杏遊說了半天還說你人不錯，
　她才勉強答應。」阿傑說，「所以你最應該感謝的人是李紅杏。」
我完全沒想到無緣見面也無法繼續通信的筆友會扮演關鍵角色。

週末到了，阿傑他們看一點的場次，我是下一場4點10分。

我想這種超級熱門大片一定一大堆學生搶著擠進成功廳觀看。

《末代皇帝》片長2小時42分，我3點半就在成功廳門口等他們。

像接力賽跑一樣，阿傑看完電影後要把一張借來的學生證給我。

果不其然，3點半就有一些人在門口排隊等下一場，隊伍漸漸變長。

我暗叫不妙，但得等拿到學生證並且和那個女孩會合後，才能排隊。

電影散場後成功廳門口兵荒馬亂，一堆人走出來，另一堆人正排隊。

阿傑在遠處大叫我的名字，我趕緊擠過去他身旁。

「她的名字叫唐依玲，要記好。」他遞給我一張學生證。

『她長怎樣？』我有點慌張，『她的穿著是？』

「我都不知道。」阿傑轉頭問踢正步的女孩，「妳知道嗎？」

「她是欣梅的朋友，但我不認識她。」踢正步的女孩搖搖頭，

「我也不知道她今天的穿著。」

『啊？』那我要怎麼認她？

「所有學生一到這裡就會趕去排隊，只有她不去排隊而是站著等人。

　你只要看誰沒動，那就是了。」阿傑說，「她3點55分會到。」

他說完就帶著踢正步的女孩離開，我馬上環顧四周。

已經3點50分，排隊的隊伍越來越長，形成一條巨蛇，

蛇頭在成功廳門口，蛇尾已延伸至成功廳外的廣場了。

我越來越焦急，再這樣排下去很可能沒有位子。

阿傑果然厲害，我在迅速移動的人潮中發現幾乎靜止的她。

『請問妳是唐依玲同學嗎?』我跑到她面前。

她先是一愣,然後點點頭,沒有開口。

簡單的白色T恤配上藍色牛仔褲,她的穿著很輕便,沒有刻意打扮。

『我們先排隊吧。』我說。

我引領她走到隊伍尾端,根本看不到蛇頭,心涼了半截。

隊伍緩緩往前,開始進場了,我又有新的煩惱。

借來的學生證主人叫劉玉芬,照片看起來面貌素雅,但並不出色。

而唐依玲五官端正,長得十分清秀,只可惜有點冷酷的味道。

人這麼多,應該不會比對學生證的照片才能進場,但萬一……

遙望前面的人似乎都是拿出學生證晃一下就過,我懸著的心才放下。

『這張學生證給妳。』我遞給她。

她收下,點個頭,還是沒開口。

本想利用排隊的空檔跟她聊點什麼,但感覺她周遭散發強大的氣場,

我只要一開口說話,話語便會彈開到無窮遠,所以只能沉默。

進成功廳前我晃學生證的動作很僵硬,她晃的動作反而很自然。

一進入成功廳,熱鬧滾滾、人聲鼎沸,密閉的空間裡聲音更響亮。

座位至少九成滿了,因為不用對號入座,很多人正快速奔跑搶空位。

這哪是電影院?這是籃球場吧,一群人在場上打籃球搶籃板。

眼睛快速掃一遍,沒發現任何空位,更別說兩張連在一起的空位了。

拋開溫文儒雅的形象,我也下場打籃球,全速奔向一張空位旁。

好不容易搶到籃板,回頭朝她用力招手,她緩緩走近空位,坐下。

突然燈光全暗，再找空位的希望也沒了，茫茫人海，何處是兒家？
我只能摸黑移動，踩了幾個人的腳後，走到靠牆的階梯。
再往上爬了十幾階，找到沒人坐著的階梯，終於可以坐下。

這部電影講溥儀的故事，我很快被拉進劇情，忘了現實。
直到出現溥儀的勞改歲月，我突然出戲，回到現實中的狹窄階梯。
我莫名其妙覺得自己的處境很像勞改時的溥儀。
電影結束，燈光又亮了，我勉強站起身，雙腳一陣痠麻。
揉了揉雙腿，舉目張望，發現她大概在我右前方15公尺處。
大家排隊依序離場，雖然語笑喧譁，但還算井井有條。

她的視線始終向前，並沒有東張西望，似乎不在意我在哪？
順著隊伍移動，她已經走到出口，而我離出口還有20公尺遠。
眼睜睜看她離開我的視線，我雖然心急，但或許她會在出口等我。
等我走出場，在出口附近找了半天，根本沒她的蹤影。
我真的急了，趕緊衝出成功廳，外面已經天黑，只有昏黃的燈光。

我邊跑邊找，試著找出穿白色T恤和藍色牛仔褲的她。
跑了一段路後怕跑過頭，便停下腳步再往回找，找不到後又向前跑。
昏黃的燈光下，很難從移動的人群中迅速辨認出她的穿著。
幾番跑跑停停後，終於在接近校門口燈光較明亮處發現她。
我跑到她身旁，她停下腳步看著我，似乎很納悶。
『我是剛剛跟妳一起看電影的人。』我氣喘吁吁。
她依然一臉納悶。

『我是剛剛跟妳一起進場看電影的人。』我加強了「進場」的音。

「哦。」她似乎認出我了。

距離第一次見到她三個小時後，我終於聽到她發出第一個音。

她應該可以打破第一次約會最長時間不說話的金氏紀錄。

『一起吃晚餐。』我說，『好嗎？』

阿傑要我看4點10分這場，因為看完後大約7點，正是用餐時間。

他說電影應該很好看，看完電影後氣氛會很好，就順勢一起吃晚餐。

他還推薦一家育樂街的簡餐店，離校門口只有五分鐘步行路程。

雖然看電影的過程不太順利，但如果能一起吃晚餐也算功德圓滿。

「不用了。」她說。

她繼續向前走，我愣了幾秒後再跟上，但已經不知道要怎麼辦了。

「還是吃點東西好了。」她停下腳步，「應該要答謝你。」

還好，又有希望了，只是不知道她的意思是一起吃晚餐嗎？

正想開口詢問，她在鹹酥雞攤位停下，開始點餐。

不會吧？吃鹹酥雞？

她拿出小錢包拉開拉鍊，我趕緊從口袋掏錢。

她轉頭朝我揮手，像黑道大哥喝止小弟，我掏錢的動作瞬間僵了。

她付完錢，拿了兩包剛炸好的鹹酥雞，一包遞給我。

於是我們就在路旁拿著竹籤吃鹹酥雞。

「我要走了。」她吃了幾口後說,「bye-bye。」
我正咬塊米血還來不及反應,她便轉頭離開。
目送她的背影,此刻只剩鹹酥雞陪伴著我。

她消失在視線後,我才想起要跟她拿回那張借來的學生證。
我急忙向前奔跑,依然是邊跑邊找,幸好又追上她。
我又跑到她身旁,她停下腳步微微發愣,似乎又認不出我。
『我是剛剛跟妳一起吃鹹酥雞的人。』我說。
「哦。」她回過神,「還有事嗎?」
『要跟妳拿回學生證。』

她把劉玉芬的學生證還我,說了聲謝謝。
「欣梅託我向你問聲好。」她說。
『也麻煩妳跟她問聲好。』我說。
「好的。」
『妳是初教系,她是語教系,妳們怎麼認識的?』我問。
「說來話長。」她說,「反正就很自然認識。」
我應該問了個蠢問題,無疑是在已經很冷的場面雪上加霜。

『電影好看嗎?』我抓緊最後機會,再試著聊幾句。
「非常好看。」她說,「尤其是配樂,很棒。」
『對妳而言,今天是賺?還是賠?』
「賺?賠?」她很疑惑。
『今天跟陌生男孩看電影的心情綜合評價。』

「小賺吧。」她說,「畢竟電影太好看了。」
還好電影太好看,我的自信還不至於崩盤。

她又往前走,這次沒說bye-bye,我也沒機會說bye-bye。
已經跑不動也不想再追了,我站在原地回想今天看電影的過程。
整個過程中我的存在感很薄弱,沒能讓她注意到我的存在。
如今站在馬路邊,後方的人或車很可能沒發現我的存在而撞上我。
趕緊走了幾步到人行道。

雖然沒被放鴿子,卻有三個月前置身中華商場天橋上的錯覺。

4.

阿傑聽我描述看電影的過程,又是哈哈大笑。
「還好這鹹酥雞很好吃。」他邊聽邊吃,吃光我帶回的那包鹹酥雞,
「以後就叫她泡泡唐吧。」
『為什麼叫泡泡?』我問。
「因為你們之間的可能性,大概化為泡影。」他又大笑。

小安仔細端詳那張借來的學生證,似乎對學生證的主人很感興趣。
「你認識她嗎?」小安問阿傑。
「我是託人幫忙借,不是直接跟她借,所以我不認識她。」阿傑說,
「怎麼了,你有興趣嗎?」

「我覺得這女孩很不錯。」小安說。

『光看學生證就知道？』我很好奇。
「誰肯把學生證隨便借人？而且又不是緊急用途。」他說，「她犧牲
　自己，只為了讓一對男女可以看電影約會，這是很高貴的情操。」
犧牲？高貴？沒那麼誇張吧。應該就是人很好而已。

「劉玉芳。」小安喃喃自語，「企管二。」
『劉玉芬啦！』我糾正他。
「喔。」他應了一聲，目光依然停留在學生證。

光仔照例安慰我，他說也許她個性較拘謹，面對陌生男孩會緊張。
「她的冷酷可能只是保護色而已，並不是針對你。」他說，「她特地
　請你吃鹹酥雞，可見她還是在意你。」
雖然我覺得她只是答謝我弄到一張學生證讓她可以看電影而已，
但光仔的安慰還是讓我感到溫暖。

光仔拿出要寄給語柔的信，讓我看其中一張信紙的內容。
裡面引用了西洋歌曲〈第12次拒絕〉的歌詞：
「妳問我，我可以愛妳多久？
　我一定要告訴妳實話。
　即使妳狠心拒絕我12次，
　我依然會愛妳。

我會愛妳，直到藍鈴花忘記綻放；
我會愛妳，直到苜蓿失去香氣；
我會愛妳，直到詩人們用光押韻的字句。
我想，那將是一段非常非常漫長的時間。」

『第12次拒絕？』我想了半天，『英文原名是？』
「The Twelfth of Never。」光仔說。
『這首歌叫天長地久，什麼時候變成第12次拒絕？』我很驚訝。
「Never是不、絕不、永不的意思，聽起來有狠狠拒絕的味道，所以
　The Twelfth of Never應該可以翻成第12次拒絕。」
太牽強了吧。但他的神情很認眞，不像開玩笑。

『你爲什麼跟語柔提到這首歌？』我問。
「從收到她的照片後算起，這是我寄給她的第12封信。」光仔說，
「我想告訴她，即使她收到這封信後還是不理我，我也不會改變。」
原來剛好是第12封信，這樣看來他翻成第12次拒絕也算貼切。

光仔把一疊信紙摺好，小心翼翼放入信封中，準備要寄出。
每隔一段時間，他便把積累的心情化爲文字，洋洋灑灑寫在信紙上。
八個月內寫了12封信，看似不多，但每封信都寫滿十張信紙。
以內容量而言，幾乎可以說是50封信了。
然而語柔始終不爲所動，一點回應都沒有。

光仔用〈第12次拒絕〉鼓勵我，希望我不要輕易放棄，要堅持。
但對於泡泡唐，追求的念頭都還沒產生，是要如何放棄？
我只是因為她而覺得存在感很薄弱而已。
而且泡泡唐又讓我聯想到被放鴿子的經歷，我的存在感更薄弱了。
每當要走進超商，便會擔心感應器沒發現我以致自動門不會開啟。

幾天後阿傑招募要交筆友的人，對象是靜宜應用數學系大二的女生。
『又是筆友？』我說，『這次我不奉陪了。』
「小安和光仔都不要，你不能不要。」他說，「我們班53個男生，
　只有20個要，對方需要26個男生，如果湊不齊我會很沒面子。」
其實也不能怪我們班男生，有些人還在跟前兩個筆友通信；
有些人像我一樣不想再交筆友，能找到20個男生已經不簡單了。

『我不想再被放鴿子。』我說。
「照你的說法，如果女朋友賣炸雞，分手後就不吃炸雞；如果女朋友
　賣咖啡，分手後就不喝咖啡。」阿傑說，「那如果女朋友賣衣服，
　分手後是不是就不穿衣服了？」
『這……』
「別廢話了，總之我把你算在內，你是第21個。」他直接結論。

『為什麼你突然幫人找筆友？』我問。
「我新認識一個女孩，腿很漂亮。」阿傑說，「她有個念靜宜應數系
　的朋友想找筆友，我就一口答應，說包在我身上。」
『你怎麼老是可以認識新的女孩？』

「因爲我的存在感很明顯，女孩一定看得到我啊！」他又笑了。
阿傑很喜歡虧我，我也只能苦笑。

阿傑連哄帶騙又拉了4個男生，最後他也加入，終於湊齊26個。
男女配對的結果，我分配到的筆友叫葉秋螢。
「我打聽過了，這女孩很好，大家都喜歡她。」阿傑偷偷告訴我，
「我特地把她配給你，你千萬不要說出去。」
他很慎重地交代，還用食指貼住嘴巴比出噓的手勢。

又要開始寫信了，我坐在書桌前思考要如何動筆。
阿傑只說她人很好，大家都喜歡她，但「很好」是籠統的說法，
具體是指個性？脾氣？品格？還是人緣？
如果跟某個人借錢可以不用還，那麼即使他個性差、脾氣壞，
我可能也會說他人很好，說不定也會喜歡他。
本來阿傑是好意，偷偷幫我配了好女孩，讓我不用隨機配對。
但我因爲太在意而有些患得患失。

左思右想該怎麼寫才恰當時，轉頭瞥見小安似乎也在寫信。
『你爲什麼在寫信？』我很好奇，『你不是沒加入這次的筆友嗎？』
「我是寫給那張學生證上的女生。」小安說。
『你們完全不認識，你突然寫信給她不會太唐突嗎？』我很驚訝。
「我跑去修企管二的商業心理學，跟她一起上過兩次課。」小安說，
「雖然我和她彼此不認識，但已經算是同學了。」
他也在教室裡偷偷觀察她，發覺她的言行舉止嫻靜優雅、落落大方。

小安在我驚訝的目光中寫完信，然後把信紙裝進信封，黏上信封。
「我去寄信了。」他說完後便離開寢室。
我還沒消化完驚訝，愣愣看著他離去的背影。
希望他這次記得貼郵票。郵票？沒看到他有貼啊！
我趕緊衝出寢室，坐電梯下樓後，跑到停車場，騎上腳踏車狂飆。
一定要在他將信投進郵筒前攔截他。

遠遠看到小安騎腳踏車的背影，還好應該來得及。
咦？他竟然左轉往校園內，而不是右轉往校門口騎出校園。
他在企管系的系館前停下，我終於追上他。
『你不是要去寄信？』我氣喘吁吁，『怎麼來這裡？』
「我自己當郵差送信。」他說。
我頓時醒悟，收信人地址就在校內，拿信來放又快又直接，
根本不用貼郵票。

我跟小安走進企管系館，他把信放進企管二的信箱格子內。
看著沒貼郵票也沒蓋郵戳的信封，感覺有些突兀。
『她看到這封信時，會不會覺得怪？』我問。
「我相信她是很好的女孩，她不會在意莫名其妙躺在信箱內沒貼郵票
　的信，依然會仔細看完我的信。」他說，「就像你即使覺得我怪，
　老不貼郵票，你依然奮力阻止我寄出沒貼郵票的信。」
『你不只是怪而已。』我笑了，『你是非常怪。』

回到書桌前，思路突然變得清晰，我知道該怎麼寫了。

我也相信葉秋螢是個好女孩，她一定也會仔細看完我的信。

我下筆如行雲流水，一發不可收拾，越寫越多、越寫越細。

不僅說出和前兩個筆友的過往，連覺得存在感很薄弱這種心情也說。

信寫完了，算了算信紙，總共六張，我嚇了一跳。

之前最高紀錄也才三張，一口氣破了紀錄，而且還加倍。

我寄出信後兩天，小安收到回信。

小安真的是沒救，他竟然把劉玉芬寫成劉玉芳。

「如果有個女孩叫劉玉芳，那麼她可能是我的雙胞胎妹妹。只可惜
　我沒有妹妹，但還是謝謝你幫我創造出一個雙胞胎妹妹。」

劉玉芬果然是個好女孩，用輕鬆詼諧的口吻帶過令人尷尬的事。

至於信封上沒貼郵票，她則說小安親自送信讓她很感動。

信尾劉玉芬說希望下次上完商業心理學後，小安能出現在她面前。

「你陪我去吧。」小安說。

『陪你去太怪了吧。』我說。

「不怪，因為我會很緊張。」他說，「而且如果她先看到你後應該會
　失望，再看到我時就會燃起希望。」

『你少來。』我笑了笑，『我們兩個等級差不多，搞不好先看到我後
　再看到你，會更失望。』

小安最後說了拜託，我只好答應。

再兩天後，我收到葉秋螢的回信。

信封上的浮水印透出隱約的綠葉圖案，很清雅又帶點高貴。

我有種這是藝術品的錯覺，甚至覺得把信拆開是一種褻瀆。

「你再不拆信，我就幫你拆。」阿傑說。

以往我都是直接用手撕開信封，但這封信我根本下不了手。

光仔拿了把剪刀給我，我小心翼翼剪開信封。

信紙有好幾張，疊在一起摺成長方形但左上角有一片葉子。

「這很難摺耶！」光仔驚呼，「而且竟然能摺這麼工整。」

光仔拿出一張紙，從左上角往內摺一點、再往回摺，來回幾次後，

左上角出現階梯形狀。把信紙摺成長方形，階梯處就會形成葉子。

光仔要我攤開她寫來的其中一張信紙，左上角果然還原成階梯。

「你仔細看，她摺出的階梯，每一階幾乎都等寬。」光仔說，「而且

　她不是一疊信紙一起摺，而是一張一張摺，最後再合併起來。」

我數了數信紙，總共六張，可以分成六片葉子。

「她一定很細心，不僅每張信紙的階梯等寬，六張信紙彼此間的階梯

　也等寬，這樣才能完美合併成一片清晰的葉子。」光仔嘖嘖讚嘆，

「信紙寫完後才可以摺，一摺歪便無法挽救，她摺得這麼工整所耗費

　的精力搞不好比寫信還多。」

光仔把六片葉子合成一片，果然可以完美合併。

「怪了，她第一封信就寫了六張信紙，太多了吧。」小安問，「難道

　你先寫給她六張信紙？」

『對。』我說。

「那她真的既細心又體貼。」小安說,「她很溫柔地回應你。」

也許李紅杏的祝福奏效了,我終於遇見對我細心體貼的女孩。

「怪了。」小安說,「才第一封信而已,她幹嘛對你這麼好?」

「光摺信紙就這麼用心,她是不是被你感動?」光仔說。

「趕快看她的信啦!」阿傑說,「不然我幫你看。」

他們三人你一言我一語,比收到信的我更好奇與激動。

『你們都退下吧,朕要看信了。』我揮揮手。

從收到信開始,他們三人就一直圍繞著我,幾乎要黏上來了。

現在他們終於退開一點,但小安還是滿嘴說怪,光仔依然讚嘆不已,

而阿傑仍是一副很想看信的神情。

淡藍色信紙,左上角一片葉子,讓我聯想到身上穿的環保社T恤。

低頭看了看,T恤的藍略深,而左上角的綠葉也有些相似。

這應該只是個巧合,她不可能知道我有這件環保社T恤。

隨即恍然大悟,她姓葉,摺出一片葉子或許是代表她。

雖然不捨但葉子上面還有字,只得輕輕把左上角的葉子攤平。

信紙散發出淡淡的清香,深深吸了一口,像某種花香。

「振輝同學你好」

我喜歡這樣的開頭,簡單又親切,而且用「你好」比較自在。

如果用「您」，雖然是敬稱，但用久了反而會有種距離感。

一開始她說我已是第三次交筆友，經驗豐富，但她還是第一次。
如果有什麼不得體或失禮之處，請我一定要教她。
這種口吻帶點天真，也很可愛，讓我聯想到電視劇中的女子說：
我還是第一次，請你溫柔一點。
我不自覺笑了起來。

她果然仔細讀我的信，而且一一回應，不論是一段話甚至只是一句。
我寫了什麼有些已經忘了，透過她的回應，我才想起。
她並不說教，也不用心靈雞湯，而是聆聽，然後溫柔鼓勵。
娟秀的字體、亮藍色的墨水與淡藍色信紙融為一體。
我像是徜徉在清澈藍天下，心靈深處正被安撫。

她說她是螢火蟲的螢，不是常見的瑩或盈，朋友都叫她葉螢。
意思是夜螢，夜晚的螢火蟲，黑夜裡的微微光芒。
她喜歡這稱呼，一閃一閃發亮的螢火蟲，將黑夜妝點上漂亮的光彩。
可是她名字中的「秋」字就被忽略了，如果「秋」有知覺，
她很擔心會不會也跟我一樣覺得存在感很薄弱？

信尾她引用了南宋趙蕃的詩句：
「了了晴山見，紛紛宿霧空。」

「朝陽初露，天氣晴朗，遠處山的面貌逐漸清楚浮現，累積一整夜的
　大霧陸陸續續很快消散不見了。原來山依舊是明顯又結實地存在，
　無人能夠撼動。或許偶爾有霧氣圍繞，讓山的面貌變得隱約朦朧，
　彷彿山並不存在；一旦太陽出現，所有霧氣便立刻消逝，山的面貌
　可以盡顯。其實你就是一座山，或許暫時被霧氣遮蔽而覺得存在感
　薄弱，但只要有太陽，你的存在就是那麼明顯而且毋庸置疑。雖然
　我只是黑夜裡小小的螢火蟲，但我不自量力，期許自己成為太陽，
　散去一切遮蔽你的霧氣，讓所有人看見你的存在。」

猝不及防的感動讓我起了雞皮疙瘩，之後全身彷彿有一股暖流經過。
我覺得通體舒暢，內心洋溢著幸福，也獲得了存在感。
我的存在很平穩而且確實，屹立不搖。

她不必成為太陽，因為她的螢光已照亮我的黑夜。

5.

「看那麼久應該看完了吧？」阿傑說。
『我看了很久嗎？』轉頭只看到阿傑，光仔和小安已離開寢室。
「光最後一張信紙，你起碼看了半小時。」
『這麼久？我以為才幾分鐘。』我很驚訝。
「看你一副很幸福很滿足的樣子，她到底寫些什麼？」他說，
「是不是她要把初吻獻給你？」

我告訴阿傑，她引用詩句：了了晴山見，紛紛宿霧空。

也說了這詩句的意思，以及她期許成為太陽讓我的存在更明顯。

「以後就叫她了了吧。」他說。

『你這次為什麼不說要叫葉了了或了了葉？』

「三個字表示Game Over，兩個字是進行式。」他說，「我說過了，
　她人很好，大家都喜歡她。所以你要好好把握。」

我不用追問阿傑，所謂「很好」是指哪方面很好？

我相信她各方面都很好，即使有不好之處也無所謂。

因為她已散盡遮蔽我的霧氣，讓我不再覺得存在感薄弱。

只要她存在，我便存在。

我想馬上回信，但腦海被她信上的文字盤旋占據，騰不出空間思考。

古人說：餘音繞梁三日不絕，我可能也會被她的文字繞三日。

我不想拖三日後再回信，隔天便強迫自己一定要寫信。

可是剛提筆就猶豫，那就是該如何稱呼她最好？

『夜螢這稱呼很有意義，雖然妳自謙是黑夜裡小小的螢火蟲，但妳的
　螢光卻可以照亮我的黑夜。也可以叫秋螢，因為秋字應該要存在，
　如果秋不見了就會變成另一種動物，所以請務必告訴秋，她的存在
　很重要，請她不要覺得存在感薄弱。另外我也很想稱呼妳：了了，
　了了是清楚、明白的意思，只要叫妳了了，周遭霧氣彷彿會消散，

就能清楚感受到我的存在。夜螢、秋螢、了了，三個都好，但不知
何者最好？』

『收到妳的來信，我既感激也感動，感激妳細心聆聽我的絮絮叨叨，
　然後不厭其煩一一溫柔回應；而妳用「了了晴山見，紛紛宿霧空」
　來鼓勵存在感薄弱的我，更令我感動。有時交過的筆友愈多，寫信
　愈流於形式，甚至可能應酬；反而是第一次交筆友的妳，更能保持
　初心，撫慰對方的心靈。所以不是我要教妳，而是妳教了我，回到
　交筆友的初心。』

我專注寫信，彷彿全世界只剩下手中的筆、面前的信紙和遠方的她。
偶爾右手托腮，苦思精準的字句和貼切的形容以表達心情。
畢竟一旦下筆，文字將承載我的問候，飛到她眼前，進入她內心。
「我提供一個冷笑話讓你寫進去。」阿傑說。
我轉過頭，看見他似笑非笑的神情。

「有個吸血鬼肚子餓了想吸血，但找了半天都沒看到人影，只好溜進
　大學校園，去女生廁所撿了幾片衛生棉回去泡茶。」阿傑說。
『喂。』我瞪了他一眼，『不要害我被罵。』
「這笑話後勁很強耶。」他哈哈大笑，「尤其靜宜是女子大學，她們
　一定更能聽懂這笑話。」
我把頭轉回，不想理他。

「你也幫我寫幾句話問候夜鶯。」小安說。

『夜螢啦！螢火蟲的螢。』我說。

「怪了，不是夜鶯喔。」

我也懶得理他，繼續往下寫。

「跟她說我很佩服她摺信紙的工夫。」光仔說。

我點點頭，這倒可以寫進去。

還有光仔把〈The Twelfth of Never〉這首歌名翻成第12次拒絕，

這也可以跟她聊，她應該會有想法。

終於寫完了，我長吁一口氣，身體往後靠著椅背。

「論文寫完了？」阿傑問。

『嗯。』我點點頭。

「就等你吃宵夜了。」阿傑說，「走吧。」

『要吃宵夜了？』我嚇了一跳，看了看錶，時間過得遠比想像中快。

我們四人離開寢室，到勝利路吃蔥餅，為這晚畫下美好的句點。

隔天下午第一節和第二節課，是商業心理學的上課時間。

早上去寄信，中午和小安一起吃完飯後，便直接去企管系館上課。

我們坐在教室偏遠的座位，小安偷偷指著右前方一個女孩。

「就是她。」他輕聲說，「下課後陪我去找她。」

關於她長相的印象，來自學生證的黑白照，但早已模糊。

我遠望著她，感覺她就是個完全的陌生人。

我沒有課本,也沒帶筆記本抄筆記,大概是整間教室最囂張的學生。

老師偶爾投射過來冰冷的目光,讓我打了好幾個冷顫。

第一節下課十分鐘,我和小安假裝討論功課,不讓旁人察覺異樣。

第二節上課了,我還要再忍耐一節課,還得再打冷顫。

終於又下課了,我拉著小安走到劉玉芬面前。

『妳好。』我問,『請問是劉玉芬同學嗎?』

「不是。」她搖搖頭,「我姓許。」

『啊?』她竟然不是劉玉芬?尷尬了,我的臉瞬間飆紅。

小安卻假裝是路人甲,彷彿並不是跟我一塊,而是旁觀者。

「你要找劉玉芬嗎?」許同學問。

『對。』我猛點頭,感覺似乎獲救了。

「玉芬!」許同學朝教室門口招手,「玉芬!有人找妳。」

那女孩正站在教室門口,聽到呼喚後便走向我們。

「我是劉玉芬。」她說,「請問找我有事嗎?」

『謝謝妳的學生證,讓我可以跟一個女孩子看電影。』我說。

「不客氣。」她笑了,「你是專程來跟我說謝謝嗎?」

『我專程來說謝謝,他專程來找妳。』我把想逃走的小安拉過來,

『他就是寫信給妳的人。』

她愣了愣,隨即注視著小安。而我一溜煙離開教室。

商業心理學下午3點下課,小安回到寢室時已是5點半。

『你竟然連人都認錯，真是有夠誇張！』我大聲說。

「只憑學生證的黑白照片，本來就不容易認出來。」小安說。

『可是她們兩個人的長相也差太多了吧。』我說，『你所觀察到言行
　舉止嫻靜優雅、落落大方的女孩是許同學耶，這樣信算寄錯嗎？』

「沒錯啊。」他說，「我就是要寫信給劉玉芬。」

『但……』

「我心裡認定是劉玉芬。眼睛認錯人就認錯，有什麼關係。」他說，

「許同學言行舉止很好是她的事，但我的認定就是劉玉芬。」

『認定？』

「對。」他點點頭，「我的認定從沒改變，就是那張學生證的主人，
　具有高貴情操的劉玉芬。」

我不知道還要說什麼，原以為小安會很困擾。

因為許同學不僅嫻靜優雅、落落大方，外表也比劉玉芬漂亮多了。

但小安似乎認為他的「認定」才是世界上最重要的事。

他認定是劉玉芬，其他女孩再怎麼好都無法改變他。

小安說3點下課離開教室後，他們一起牽著腳踏車在校園裡散步，

直到5點才各自回去。

『既然要散步，為什麼不先把腳踏車停好，再一起散步？』我說。

「那樣很怪。」小安說。

『難道整整兩小時你們一直牽著腳踏車散步，沒坐下來也沒休息？』

「對啊。」他笑了。

小安真是奇怪的人，但劉玉芬能這樣陪他，應該也是奇怪的人吧。

小安說今晚要寫信給劉玉芬，因為他還有些話想說。
『你們都見面聊那麼久了，而且每週上課都會碰面，幹嘛還寫信？』
「不一樣。」他說，「見面聊天就是想到什麼說什麼。但寫信可以把
　心裡的話整理後寫出來，而當面說不出口的話也可以寫在信裡。」

小安既可以見面，寫完信又能馬上就寄到，令人羨慕。
我想起今早才剛寄出信，夜螢今晚應該還沒收到信。
即使她一收到信馬上就回信，我也還要幾天才能收到回信。
好久喔，幾天的時間就是漫長的等待。

我和夜螢的收信地址都是學校宿舍，信件由學校收發室收齊整理後，
再分信給各單位，這樣會比一般收信地址多出一些時間才收到信。
一想到這就有些洩氣，那些多出來的時間意味著更長的等待。
我怎麼沒想到寄限時專送呢？平信郵資3元、限時專送郵資7.5元，
才差4.5元而已，即使只快一分鐘收到信也絕對值得啊。

我的寢室在宿舍十樓，出電梯後右轉就可看到牆上一堆格子信箱。
信件直立插進格子露出上半部，明信片插進格子則被遮住而看不見。
連續幾天只要一出電梯，我立刻查看信箱，這幾乎是反射動作。
即使肉眼看到信箱內空空如也，我也會伸手探進去摸索一番。
終於在宿舍十樓的信箱格子內看到我的信，漫長的等待結束。

那一瞬間，眞是感動的媽媽給感動開門——感動到家了。

依舊是有綠葉浮水印的信封，郵票圖案是兩根長滿葉子的竹子。
郵票面值不一樣了，是7.5元，這是限時專送的郵資啊！
轉頭向光仔借了剪刀，迫不及待剪開信封，抽出裡頭的一片葉子。
這片葉子應該可以拆開成五片葉子，因爲上封信我寫了五張信紙。
果不其然，我面前有五片相同的葉子。

「朋友們都叫我夜螢，就讓她們繼續這樣叫吧。至於秋螢，上大學後
　便沒人這麼叫我了。你說得對，秋字應該要存在，我想讓我最好的
　朋友也是我室友瑩瑩，以後改叫我秋螢。很巧吧，她是玉部的瑩，
　我是螢火蟲的螢，她晶瑩剔透，我閃閃發亮。了了不僅好聽，而且
　聽起來很開朗明亮，好像陰霾一掃而空。謝謝你這麼叫我，我無比
　榮幸，從此叫我了了是你的專利。但我非常好奇，爲什麼秋不見了
　就會變成另一種動物？那是什麼動物？」

「你說我的螢光可以照亮你的黑夜，你過獎了，皓月並不需要螢光來
　照亮，而你就是皓月。你的黑夜之所以黑，只是因爲你尚未升起，
　一旦升起，黑夜就有光明。其實我只有微弱光芒，勉強比喻的話，
　就像去廟裡點的光明燈一樣，雖然只是微光，卻可保佑平安順心、
　一切光明，所以請你把我當光明燈。」

「我中學時代讀女校，沒想到大學還是念女子大學，因此對異性比較

不熟悉，面對異性也容易緊張，或許會不經意冒犯你，也可能對你少了同理心，請你多包涵。第一次交筆友，我很珍惜這緣分，我是個笨拙的女孩，不懂矯情，只有真心，真心希望自己能成為太陽，散盡讓山變得模糊的霧，使你的存在更明亮。」

「〈The Twelfth of Never〉這首歌，我知道的譯名和你一樣，也是天長地久。這歌名是英文某月某日的說法，比方5月12日就是The Twelfth of May。但根本沒有Never這個月，Never月的12日便永遠不會到來，因此會愛你直到Never月的12日，意思就是永遠愛你，就像說會愛你直到太陽從西邊出來一樣。這首歌的譯名也因此翻成天長地久，也有人翻成直到永遠。不過你室友把Never當成拒絕，這很有意思，也許他才是對的，Never可能有別的涵義，不然如果只是要表達沒有這個月，那也可以說The Twelfth of Hello呀。」

「我聯想到樂府詩〈上邪〉。『上邪，我欲與君相知，長命無絕衰。山無陵，江水為竭。冬雷震震，夏雨雪。天地合，乃敢與君絕。』這首詩描述女子堅定不移的誓言，山無陵、江水為竭、多雷震震、夏雨雪、天地合，總共五種不可能，只有這五種不可能都發生了，我才敢不愛你。太陽從西邊出來或是不會到來的Never月12日，都只是一種不可能而已，而這女子居然用五種不可能來表達生死不渝的堅貞。我很喜歡這首詩，每當感受到詩句裡所蘊含既濃烈又熾熱的情感，全身血液彷彿都已沸騰。我現在握筆的手是燙的，寫下的文字可能也是燙的，請你觸摸信紙，或許信紙也會發燙呢。」

我下意識摸了摸信紙，溫度很正常。

再把信紙貼著臉頰，閉上眼睛想更仔細感受信紙的溫度……

「如果有病，就去看醫生。」阿傑說。

轉頭看到他臉上掛著古怪的笑，而我右手還拿著信紙貼住臉頰。

信紙突然變熱了，但那應該是來自我的臉頰。

『信還沒看完。』趕緊把信紙拿開，將頭轉回，『別跟我說話。』

阿傑哈哈大笑，我的臉頰更燙了。

「你室友說很佩服我摺信紙的工夫，我愧不敢當。我認為摺葉子就像
　簽名蓋章一樣，寫給你的信紙，要摺出一片葉子表示我簽名蓋章，
　絲毫馬虎不得。瑩瑩常說：別再摺信紙了，那太浪費時間了，簡單
　摺兩下可以放進信封就好。但我很任性，一定要讓你讀信前先看到
　葉子，那象徵螢火蟲努力發出的微光。所以我寄限時專送，以彌補
　因摺信所耽擱的時間。」

「謝謝你告訴我交筆友的初心應該是什麼，我會秉持那種初心，直到
　山無陵、江水為竭、冬雷震震、夏雨雪、天地合，才會改變。」

她說得沒錯，如果感受到文字蘊含的熱情時，血液彷彿沸騰。

正如剛看完信的我一樣。

「信看完了吧？」阿傑說，「可以吃飯了嗎？」

我點點頭，把五張信紙收成五片葉子，再合併成一片葉子。

我和他到宿舍地下室的自助餐廳吃飯，也聊聊夜螢的信。
「〈The Twelfth of Never〉翻成第12次拒絕有點扯。」阿傑說，
「那光仔要怎麼寫第13封信？應該沒有第13次拒絕這首歌吧。」
我搖搖頭，我甚至不知道光仔會不會寫第13封信。

吃完飯後我先去買了十張7.5元郵票，打算以後都寄限時專送。
回寢室坐在書桌前，全身似乎還有讀完信後的餘溫。
這種感動和溫暖令人回味無窮，渴望能再次品嚐。
我還沒寫信，卻已經開始期待她的回信。

本想立刻提筆回信，但明天要考流力，今晚得K書，不應該寫信。
權衡輕重後，採折衷方案，寫滿一張信紙後就暫停，考完再繼續寫。
『了了同學妳好』
光稱呼她了了，就感覺自己變得明亮，心情也開朗。

『如果秋不見了，那就是秋隱（蚯蚓）。螢火蟲會發光，但蚯蚓只能
　吃土了。所以秋字很重要，應該要存在。請跟瑩瑩說，改叫妳秋螢
　是有意義的。』
開頭較為輕鬆，下筆時便帶著微笑，這種回信的感覺很好。

『我很喜歡妳的光明燈比喻，那讓我覺得自己已經被保佑、被祝福，
　而且這種保佑與祝福是具體而不是抽象，我很感激、感謝、感恩與
　感動。我突然發覺，回信時所寫的文字，「感」出現的頻率很高，

　如果繼續收到妳的信，我可能會用光感字開頭的詞。』

『在收到妳這封回信之前，我已打算以後都寄限時專送，沒想到被妳
　搶先。但我想寄限時專送的理由並不像妳那麼貼心，只是單純希望
　妳可以早點收到信於是我也能早點收到回信。跟妳相比，我的理由
　太自私了，我很慚愧。這樣吧，以後在妳打算開始寫信前，請務必
　先念書至少四個小時，然後再回信，我的限時專送就來彌補因念書
　而耽擱的時間。』

差不多要暫停了，不然明天考試會很慘。
趕緊拿出流力課本和筆記，收攝心神，進入偏微分方程的世界。
但腦海裡常浮現出她的文字拉我離開，很難專注。
「這個地方教我一下。」阿傑說。
整晚他似乎只要看到我恍神，便拿出流力課本在我面前攤開。
幸虧有他的監視，我才得以好好準備流力考試。

隔天考完流力後回寢室繼續寫信，寫完信馬上去寄，一秒都不耽擱。
我再回宿舍十樓，一走出電梯便看見光仔直挺挺地站在信箱前。
「是不是有信？」他說，「幫我確定一下這不是我的幻覺。」
寫著我們寢室號碼的信箱格子裡，直立插著一個橫式信封。
信封露出的上半部有寄信人地址：台南師院語教系大二。

『啊……』我伸手剛碰觸信件便失聲大叫，『信封上有毒！』

「真的嗎？」光仔嚇了一跳。

『開玩笑的。』我笑了笑，『武俠小說都這麼寫。』

「這玩笑很無聊。」

『抱歉。』我拿出信件塞進光仔手中，『這不是你的幻覺。』

直到第12次拒絕，Until the Twelfth of Never，語柔終於回信了。

6.

光仔拆信時，寢室內的氣氛非常凝重，大家都沉默。

但那是一種震耳欲聾的沉默。

語柔是回信了，但未必是好事啊，有可能是勸光仔別再寫信了；

或是跟他說她有男朋友了，請不要造成她的困擾；

搞不好是警告他別再寫信了，不然她要報警之類。

總之，包括光仔自己，沒人能預知信的內容是好或壞。

我們其他三人只能靜靜等待光仔跟我們說她寫了什麼？

沒想到我印象中個性彆扭、脾氣很擰的語柔，卻寫了一封溫柔的信。

她信上說，光仔相約見面那天爽約，對她而言，

就好像迎面走來卻裝作完全不認識，這種無視讓她覺得被羞辱。

當下她就下定決心跟光仔絕交，毫無轉圜餘地。

之後光仔開始寫信，她總是看完即丟，根本不放在心上。

但漸漸地，她有了疑惑：光仔真的是故意無視她嗎？
隨著收到的信件愈多，她的疑惑愈深。

當她收到光仔第12封信時，看到〈第12次拒絕〉這首歌的歌詞，
她有些感動，便詢問一些人光仔那天爽約的原因。
終於知道他被車撞的事，也知道後來他花了八個月時間拼命打工。
她覺得很內疚，但還是過了兩個多禮拜才鼓起勇氣寫這封信。

我心想迎面走來卻裝作完全不認識，這應該是在說放鳥娟吧。
其實光仔被車撞並不是祕密，而且我們班和她們班很多人相識，
只要她肯詢問，早就該知道他不是故意爽約而是被車撞。
只能說她真的是個彆扭的女孩。

光仔手舞足蹈、樂不可支，想馬上借輛機車衝到台南師院找語柔。
我們其他三人趕緊拉住他，要他冷靜，不要太激動。
「好吧，那我只好再寫信。」他很開心，「不過不是第13封信，而是
　我和語柔展開戀情的第一封信。」

幾天後我收到了了的回信，一開頭她寫：「振輝你好」。
從「振輝同學你好」變成「振輝你好」，省略了「同學」兩個字，
讓我和她之間更親近了些。

「我要像螢火蟲發光，不要像蚯蚓吃土，還好你提醒秋應該要存在，
　不然如果一直省略秋，我恐怕就要吃土了。秋果然很重要，謝謝你
　幫秋找到存在感。瑩瑩說稱呼哪有那麼多歪理，她說我們真無聊，
　但她深明大義，還是開始改叫我秋螢。」

「喜歡一種事情或一樣物品可能需要理由，然而喜歡一個人則不必。
　有時喜歡一個人是一種認定，你認定是就是，並沒有特別的理由。
　你喜歡什麼樣的人？常常說不上來也很難形容，突然在不經意間被
　某種特質吸引，於是產生了認定，認定就是那個人。這跟一見鍾情
　不太一樣，因為還沒『見』面就已經產生認定，我猜想你室友小安
　和光仔應該都已經認定了對方。」

「尼采說：那些聽不見音樂的人，會認為那些跳舞的人瘋了。我和你
　可能都是聽不見音樂的人，於是無法理解像你室友那樣跳舞的人，
　甚至認為他們瘋了。其實我漸漸能理解那種認定，好像也快要聽見
　音樂，如果將來有天我突然或莫名其妙認定了某個人，希望你不要
　覺得詫異。」

錯覺往往發生在人最不經意的瞬間。
就像正讀信的我，突然覺得我和了了是相戀已久的戀人。
但其實我們還只是筆友而已。
我甚至有種「我認定是她」的錯覺。

我像她一樣，彷彿已經可以理解那種認定。
於是小安在還沒見面前就認定劉玉芬，我已不覺得詫異。
我想光仔應該也是認定了語柔。

從寫第一封信給了了開始，我的生活似乎進入了一個迴圈。
每當寄出信後便開始等待，而等待的時間總是覺得漫長。
彷彿時間變老了，於是走得很慢，甚至快要走不動了。
收到她的信時無比雀躍，像準備拆耶誕禮物的六歲小孩。
讀信時很想趕快往下看，卻捨不得看完，於是常常又往上看。
寫回信時與她寫來的文字對話、談心，甚至有聽到聲音的錯覺。
寫完回信後心情暢快無比，在心裡塵封已久的話語終於可以說出口。
將信封緘，貼上郵票，起身離開寢室出去寄信。
就是這個迴圈，一直循環。

我和了了通信一個月，共收到26張信紙，也可化成26片葉子。
她信上對我的稱呼，從「振輝同學你好」變成「振輝你好」，
最後變成「振輝」。
我信上對她的稱呼，從「了了同學妳好」變成「了了妳好」，
最後變成「了了」。
我和她之間的親密程度，跟稱呼的字數多寡成反比。

「秋天到了，早晚有些涼，請記得添加衣物。秋果然既特別又重要，
　因為秋也是季節，如果沒有秋天，那該如何是好？」

『如果沒有秋天，我可能就不存在，因為我在秋天出生。我的生日在
　11月，屬於天蠍座。』

「抱歉，我不曉得你在11月出生，現在跟你說聲生日快樂，祝你一切
　平安順心，可惜不知道是太晚還是太早？也沒準備生日禮物送你，
　請見諒。我在3月出生，屬於雙魚座，跟天蠍座一樣是水象星座，
　雖然重感情，但容易感情用事。瑩瑩常說我感情用事，她擔心我會
　吃虧或被騙。她老是這樣碎碎念，我耳朵都快長繭了。既然你和我
　都是水象星座，那我們約定，都不要說對方感情用事，讓我們耳根
　清靜些。」

『收到信的日子與我回這封信的日子，都是13號，剛好是我的生日，
　妳的祝福來的剛好，感謝。其實我已經有光明燈了，她可以保佑我
　每天平安順心，當然也包括生日這天。生日當天可以收到妳的信，
　那就是最棒的生日禮物，沒有任何禮物能比得上。既然我和妳都會
　感情用事，自然不會覺得對方感情用事，我們只會覺得理所當然，
　所以我們的耳根都會清靜。』

我和她之間雖是通信，但愈來愈像跟遠方陌生的熟人對話。
不知道她長相使我腦海對她陌生，
經常談心卻讓我心裡覺得與她熟識。

「跟她要照片啊！」阿傑說。

我說不出口，而且也認為沒必要，拿到照片只是滿足好奇心而已。

對於了了，我想要的遠遠不只滿足好奇心。

阿傑這次交筆友只是為了湊人數，所以他有些意興闌珊。

不過他的筆友很熱情，他們通信時竟然互稱乾柴兄和烈火妹。

他常說這女孩很有趣也很活潑，是他喜歡的類型。

原以為他應該可以和對方通信很久，但一個月後他還是不再寫信。

『為什麼不寫了？』我問。

「乾柴燒一個月，已經燒成灰了。」他說。

又是藉口，看來阿傑通信的時間極限真的就是一個月。

小安還是會寫信給劉玉芬，而她也會回信。

每週商業心理學下課後，他們依然一起牽著腳踏車漫步校園兩小時。

『走出校門口找間店坐下來，吃點東西或喝點飲料不好嗎？』我說。

「不好。」小安搖搖頭，「因為我們要跟時間一樣。」

『什麼意思？』

「一直在走。」

『……』

「劉玉芬是自行車校隊耶。」小安說，「所以我和她一起牽著腳踏車
　散步根本不怪啊。」

『舉重選手散步時雙手都要拿著啞鈴？馬拉松選手散步時不能用走的
　而是要慢跑？』我說，『短跑選手最可憐，散步時得全力衝刺。』

242

「他們如果喜歡，也可以啊。」他說。

『……』

我能理解小安的認定，但真的不能理解為何非得牽著腳踏車漫步？

正常人不是都兩手空空散步嗎？

不過常常走路兩小時也不錯，不管他們將來會不會開花結果，

起碼這段情誼會讓他們的身體更健康。

光仔和語柔重新通信一個月後，相約在南師的後門見面。

『你們怎麼相認？』我問。

「我認她啊。」光仔說，「你忘了嗎？我有她的相片。」

我竟然忘了語柔寄過照片，而且還是生活照和學生證照片。

光仔絕不會像小安一樣，有了相片卻還是認錯人。

「騎腳踏車去南師有點遠耶。」小安說。

「我借輛機車騎去啊。」光仔說。

「不行！」我們其他三人異口同聲。

「我有機車，我載你去。」阿傑說，「你坐計程車回來。」

「不要！」光仔大叫，「計程車費很貴耶！」

『我騎阿傑的機車，去南師載你回來。』我說。

「回來的時間又不確定。」光仔說。

『沒關係。』我說，『我會等你。』

「如果她留我過夜呢？」光仔說。

「這笑話好笑。」我們其他三人同時哈哈大笑。

『反正我會載你回來。』我下結論。

他們約下午3點半，假設相處時間兩小時，我應該在5點半等他。

要出發時天空飄著細雨，我便放了把傘在機車坐墊下。

南師後門在五妃街，我5點10分到，停好機車，在校門口附近閒晃。

雨很小，我懶得撐傘，出入校門口的學生也幾乎不打傘。

想起五個月前也是這種天氣，我在中華商場天橋上淋了兩小時細雨。

心下一驚，光仔應該不會像我一樣被放鴿子吧？

突然看見一個有點面熟的女孩正走出校門，她好像……好像是……

啊！她是泡泡唐。

我努力回想她的名字，但完全想不起來，只知道一定姓唐。

她的視線正朝向我，似乎是看到我了，但她應該不會對我有印象吧。

「請問我們是不是認識？」她竟然走到我面前。

『末代皇帝與鹹酥雞。』我說。

「嗯？」

『大約兩個月前，我們一起進場看電影，但妳坐妳的，我坐我的。』

我說，『看完電影後，妳請我吃鹹酥雞，不過是站在路邊吃。』

她想了一會後，終於恍然大悟。

「你今天來這裡是？」她問。

『等人。』我說，『我等室友，他今天跟筆友見面。』

「哦。」她應了一聲。

『上次來不及跟妳說，我覺得末代皇帝很好看，**鹹酥雞**也很好吃。』

「嗯。」她似乎有些不好意思。

『以後如果成功廳要放映妳想看的電影，我可以幫妳借學生證。』

「謝謝。」她點點頭，欲言又止。

『怎麼了嗎？』

「我覺得你整個人的樣子不太一樣。」

『是嗎？』我問，『哪裡不一樣？』

「你好像有自信了。」

『妳意思是，像我這樣，不應該有自信？』我說。

「不是這意思。」她急著搖搖手。

『開玩笑的。』我笑了笑，『如果我有自信，應該是來自筆友送我的
　兩句詩。』

「哪兩句詩？」

『了了晴山見，紛紛宿霧空。』

她應該沒聽過這兩句詩，我簡單解釋。

「其實上次我只是緊張而已。」她說。

『我也很緊張。』我說，『我曾想過，如果我們先當筆友一段時間，
　之後再相約看電影，那麼結果應該會不一樣。』

「可能吧。」

『有點雨，妳站久了還是會淋濕。』

「嗯。」她揮揮手，「bye-bye。」

『bye-bye。』我終於有機會說這句。

泡泡唐走後，細雨依舊綿綿，我便拿出機車坐墊下方的雨傘。

撐著傘在校門口附近走走停停看看，偶爾坐坐，頗無聊。

遠遠看到光仔跑向我，速度飛快。

「我……我可以跟語柔去吃飯嗎？」光仔上氣不接下氣。

『你傻了？』我說，『當然好啊！』

「可是這樣你就要繼續等我。」

『沒差啦。』我把手中的雨傘遞給他，催促他快去吃飯。

「我盡量吃快一點。」光仔說。

『給我慢慢吃。』我說，『我先回去，很晚再來接你，很晚很晚。』

「真不好意思。」他說。

看著他快步離去的背影，一般人會見色忘友，他卻擔心我等太久。

天色暗了，看了看錶，快6點半。

騎機車回宿舍，洗個澡後和小安、阿傑一起到地下室吃飯。

我們三人都沒想到語柔會跟光仔一起吃晚飯。

再度要騎機車去南師接光仔時，雨已經停了，我抓9點半抵達。

沒想到他已經撐著傘在南師後門口等我。

『抱歉。』我說，『有等很久嗎？』

「才等十分鐘而已。」光仔說。

『那還好。』我問，『雨早停了，你幹嘛一直撐著傘？』

「因為我吃飽了。」他說。

『嗯？』

「吃飽了撐著。」

果然光仔一碰到語柔，就會語無倫次。

「要走去吃飯時，語柔沒帶傘，所以我和她共撐這把傘。」光仔說，

「雖然只有短短五分鐘路程，卻是我這輩子走過最幸福的路。」

『那很好。』我說，『上車吧。』

「我還在回味。」他還撐著傘。

『把傘收好，上車。』我說，『回去再說。』

他依依不捨收傘，坐上機車。

回寢室的光仔依然輕飄飄的，有些語無倫次，彷彿還在夢中。

下午他們本來想在南師校園漫步，但有點細雨，便找地方坐下聊天。

問他聊些什麼？他回答：好像說了很多，又好像什麼也沒說。

問他去哪裡吃飯？吃什麼？聊天氣氛好不好？

他也只是回答去餐廳吃普通的飯，聊天氣氛就那樣。那樣是怎樣？

他手中始終緊抓著傘，有時還把傘抱進懷裡。

『如果那麼喜歡這把傘，那這把傘賣你一萬塊。』我說。

「好。」光仔很乾脆,「但我沒錢,先欠著,我打工賺錢還你。」

『喂,開玩笑的。』我說,『如果你喜歡,這把傘就給你。』

「真的嗎?」光仔看著我。

『一把傘而已。喜歡的話就拿去。』

「輝哥!」光仔突然緊抱著我,「輝哥我愛你!」

『喂!』我用力掙脫他的擁抱,渾身起雞皮疙瘩。

「你為什麼對我這麼好?」他好像快哭了。

『That's what friends are for。』我笑了笑。

他們三人也同時笑了起來。

以筆友見面的結果而言,光仔和語柔的見面可謂完美,令人稱羨。

不禁想起了了,想到她信上的文字,腦海又有她聲音在迴盪的錯覺。

突然覺得如果能與她見面,一起走走或坐著談笑,那該多麼美好。

這是我第一次興起與了了見面的念頭,而且這念頭非常強烈。

我是想「與她見面」,不是想「知道她長什麼樣」。

之前與放鳥娟和李紅杏通信時也很想知道她們的長相,

但了了不一樣,我只是想見面,而且是很想。

對筆友而言,如果見面目的是想知道對方長什麼樣,那見面是終點;

如果只是單純想見面,那見面就是起點,

是為了想要更進一步或成為現實世界而非只是心靈世界的起點。

我終於有所領悟,與了了見面是起點,邁向我們共同未來的起點。

因爲被放鴿子的慘痛經驗，以致刻意壓抑與了了見面的念頭。
其實我早就有想見了了的念頭，也許第一次收到她的信時就興起。
但那念頭一直被用力抑制或假裝無視。
如今甩開枷鎖，直視內心……

我想見了了。

7.

天氣漸漸變冷，所謂的冬天應該到了。
生活中所碰觸的物品通常有些冰涼，只有了了寄來的信總是溫熱。
只要手伸進信箱碰觸她寄來的信，就能感受到春天。

跟了了通信兩個多月，已收到61張信紙，也就是61片葉子。
她始終如一，用綠葉浮水印信封，寫幾張信紙就摺幾片葉子，
而那幾片葉子又可合併成一片葉子。
但今天收到的不太一樣，那是一張卡片，學校收發室的領件通知。

一般信件會直接放入信箱，而掛號或包裹則用這種卡片通知領取。
領件通知沒寫寄件人的資訊，只告知我收到一件包裹。
我想應該是了了寄來的，但爲什麼是包裹？
無暇多想，直奔收發室去領取。

果然是了了所寄，只是小包裹，用比一般信封稍大的牛皮信封包裝。

信封有些鼓起，應該是方形小盒子之類所造成。

剪開信封，裡面有摺成一片葉子的信紙，和5公分見方的紅色盒子。

先看信？還是先打開盒子？這是一個考驗。

當然先看她的信，那才是最珍貴的。

把那片葉子又分成四片葉子，我開始讀信。

「盒子裡裝的是銀製墜子，形貌是螢火蟲。還好是銀色，不然看起來
　像蟑螂。螢火蟲尾端鑲了一顆綠色螢石，在黑暗中會發出螢光哦。
　錯過你生日我很遺憾，一直思考該補送你什麼樣的生日禮物？左思
　右想，決定製作會發螢光的螢火蟲墜子來代表我對你的誠摯祝福。
　螢石算半寶石，但市面上卻很罕見，找了好幾家珠寶店和銀樓都沒
　發現，老闆甚至問我：什麼是螢石？本想放棄，沒想到瑩瑩的舅舅
　是珠寶師傅，他幫我找到這一顆綠色圓形螢石。螢火蟲也是他用銀
　做出形狀，然後我親自鑲上螢石。雖然花了三天學習包鑲技巧，但
　還是鑲得不夠完美，請多包涵。」

「你的生日已過了一個月，而耶誕節還有一個多禮拜才到，請把這只
　螢火蟲墜子當作遲來的生日禮物或是早到的耶誕禮物。一個禮物，
　兩種祝福，我占了便宜。我已經跟瑩瑩的舅舅預約拜師學藝，明年
　我自己做出一隻蠍子送你當生日禮物，希望不會看起來像蝦子。」

我打開紅色盒子，看見鑲了螢石的螢火蟲墜子，非常精緻典雅。
銀色的螢火蟲長約2.5cm，尾端的綠色圓形螢石直徑約0.6cm。
還有條細紅繩穿過螢火蟲頂端形成一個剛好戴在手腕上的圓。
湊近眼前反覆細看這隻螢火蟲，發現背面還刻了兩個字：了了。
這是屬於我的，獨一無二的光明燈。

別人的光明燈是在廟裡，而我的光明燈可以戴在手腕上，
也可以掛在書桌檯燈上。
深夜寢室內燈光全滅，我從上鋪俯視螢火蟲的綠色螢光，
很像仰望夜空中的星光，內心感到平靜祥和。
白天戴在手腕上進教室，如果考試，感覺閉上眼睛都能考100分。

了了的盛情我根本無法做出同等回應，因為她的生日還沒到，
而且天底下也絕對沒有任何物品能匹配她送我的這隻螢火蟲。
苦思了兩晚，只能買張音樂耶誕卡，在卡片上寫滿祝福的文字，
祝她耶誕快樂。
當卡片投入郵筒時，我的臉應該是紅的，深深覺得慚愧。

「請你不要覺得慚愧，只要你喜歡，我也同感欣喜呀。『贈人玫瑰，
　手有餘香』，我送你光明燈，自己也同樣被祝福。明年我生日時，
　我最想要的，只有你可以給我。如果你能送我最想要的生日禮物，
　那我絕對會比現在的你更開心、更滿足，也許還會像你一樣，覺得
　你對我太好但我卻無法同等回報而覺得慚愧呢。」

什麼樣的生日禮物是只有我可以給她？

應該不是指她生日當天收到我的信，因為這對於我們而言已是平常。

如果她眞這麼說，也只是不希望我傷透腦筋去想到底要送什麼禮物。

但她一定知道，我會知道她的這種貼心，因此她不會這麼說。

所以她最想要的生日禮物是什麼？爲什麼只有我可以給她？

「寫這封信的同時，檯燈的燈泡正閃爍，一亮一暗，閃個不停。瑩瑩
　說這燈泡壞了，要換個新燈泡。我說燈泡沒壞，它只是比較怕冷的
　燈泡而已，因爲今晚很冷，它冷得發抖，所以才一閃一閃，等天氣
　暖和點，它就會好了。瑩瑩說我的腦袋凍壞了，才會說出這麼莫名
　其妙的話。或許她說對了，因爲天冷時我會比較感性。比方有人說
　下雨其實是雲悲傷在哭，當夏天下起雨時，我沒有特別感覺，可是
　遇到秋多下雨，我彷彿可以感受到雲的悲傷，於是仰頭對著雲說：
　別哭了，沒事的，我就在妳身旁，擦乾眼淚吧，一切都會好轉。」

「每當寒冷時節，腦中常會浮現漫天飛雪的畫面，我覺得很美。可惜
　在台灣幾乎不可能看見雪，唯一的渺小可能，或許是合歡山，但得
　氣溫夠低、濕氣足夠才可能飄一些雪花，要漫天飛雪不曉得這輩子
　能不能遇到？曾聽人說：『今朝若是同淋雪，此生已然共白頭』，
　如果在漫天飛雪中，和我認定的他，都把帽子摘下，一起淋著雪，
　最好把頭髮全部染白，那麼這輩子就可以算是一起白頭了。瑩瑩又
　說我感情用事，這樣淋雪頭髮還沒白臉色就會先慘白，這是找死，
　沒有人會陪妳這麼淋雪。但你一定能理解我這種想像，對吧？」

我不僅理解，而且和她一樣，覺得在漫天飛雪中一起淋成白頭，
那該是多麼幸福美好的事。
雖然她是說和她認定的人，但我不禁想像我和她一起淋雪的畫面，
感覺身上似乎起了雞皮疙瘩。

「你會冷嗎？」阿傑問，「你好像在打擺子。」
『打你的頭啦。』我說。
「信看完的話來幫我確認明天的行程。」他說。
『再等一下就好。』
把信再看一遍，然後每張信紙各收成一片葉子，再合併成一片葉子。

阿傑上個月找了台南家專的女生辦聯誼，年底到墾丁，兩天一夜。
雖說應該是夏天去墾丁，冬天去有些怪，但參加的人很踴躍。
男女總共約50人參加，明天一早出發，夜宿墾丁青年活動中心。
阿傑要我幫忙第一天下午在沙灘的活動，還有晚上的營火晚會。

聯誼活動對單身男大學生非常重要，可算是認識女孩的最佳管道。
以往我都像全副武裝的獵人，走進聯誼的獵場仔細尋找獵物。
雖然總是鎩羽而歸，依舊對聯誼活動興致勃勃。
但這次去墾丁我卻興致缺缺，如果不是阿傑提醒我要幫忙，
我差點忘了明天就要去墾丁。
可能是內心被了了占據，我已對參加聯誼以便認識女孩失去意願。

隔天天氣有點冷，但所有男女上車準備出發時臉上都掛著燦爛的笑。
一路上更是歡笑不斷，氣氛非常熱烈，這是很好的開始。
中午抵達墾丁青年活動中心，卸下行李，吃完午餐後直奔沙灘。
冬天的墾丁，海風又強又冷，沒什麼人在沙灘上。
但越是這樣，大學生似乎越興奮，整片沙灘洋溢著笑聲。
沙灘的活動結束，所有男女依然或追逐嬉戲，或漫步沙灘。
只有我坐在沙灘上，遙望遠方的海，或低頭看手腕上的螢火蟲……
想念著了了。

在寢室時，可以複習了了寄來的葉子，也可以寫信給她，排解思念。
一旦離開寢室，彷彿出了遠門，便開始思念家中的了了。
尤其剛剛在沙灘上的歡笑聲，讓我更加渴望她就在身旁。
雖然臉上刮過冷冽的海風，心裡卻因為浮現她的文字而覺得溫暖。
我起身撿起地上的枯枝，彎著腰在沙灘寫下：我愛了了。
然後靜靜看著海浪慢慢、慢慢將那四個大字抹平。

營火晚會的氣氛更熱烈，歡笑聲更加響亮，幾乎響徹雲霄。
圍繞著營火的這群男女今天才剛見面，卻像是認識多年的老朋友。
在這種快樂的氛圍中，我竟然出現幻聽，彷彿聽見了了的笑聲。
營火的烈焰熱情燦爛，我卻想念微微螢光的溫馨。

面對營火時，手腕上螢火蟲尾端的螢石不會發光；
背對營火時，光線滅了，螢石發出淡淡的綠色螢光。

偶爾背對營火的我，在面對營火的人群中顯得有些格格不入，
因爲我在營火中想念螢光。

營火晚會結束後，大家相約去逛墾丁大街，或是去夜遊。
我一個人默默坐在寂靜黑暗的沙灘上，聽著規律的海浪拍打聲。
低頭看著手腕上螢火蟲發出的螢光，更加想念了了。
我晃動手腕，彷彿看見一隻螢火蟲在夜空中飛舞。

「下午我看見你在沙灘上寫的字。」阿傑突然出現，在我身旁坐下。
『喔。』我有些不好意思，『那是一時衝動而已，沒想太多。』
「你應該知道都沒見過面就說愛，是有點誇張而且也危險的事吧？」
『算知道……吧。』我也不確定了。

「當初找靜宜應數當筆友時，跟我對口的女生就是瑩瑩。」阿傑說，
「她特別交代夜螢是很單純很好的女孩，要我找個最好的男生，不要
　讓夜螢被騙或受傷，所以我找了你。你們沒有抽籤，直接配對。」
『我是最好的男生？』我問。
「嗯。」他點點頭，「你交筆友非常眞誠，會投入全部情感。你很像
　以前的我。」
『是嗎？』我不禁轉頭看著他。
「跟你說說以前的我吧。」他說。

阿傑在第二次大學聯考考上成大，才跟我成爲同班同學。

他第一次大學聯考考上台大就讀，在大一上學期交了個興大的筆友。
兩人很談得來，來往信件頻繁，後來在信中還互稱男女朋友。
終於他按捺不住想見她的衝動，偷偷從台北到台中找她。
卻發現她早已另有男朋友。

「她說他是現實生活的男友，而我是心靈世界的男友，並不衝突。」
阿傑說，「她又說筆友就應該只停留在心靈世界，不應該見面。」
她勸阿傑成熟點，她喜歡跟他通信，以後他還是她心靈世界的男友。
但對阿傑而言，她就是純粹的愛情，現實和心靈都是。

阿傑大受打擊，無法靜下心念書，結果大一下學期被二一退學。
退學後本想重考，還去補習班報名，但根本念不下書。
他只好先去當兵，服完兩年兵役後，找了工作。
工作了幾個月，他越來越鬱悶，而且也不甘心沒念大學。
他下定決心辭了工作，又去補習班報名，苦讀幾個月後，
考了第二次大學聯考，最後考上成大跟我成為同班同學。

阿傑比我們班同學大了四歲，我們都知道他曾經被二一退學，
這並不是祕密，只是不知道被退學的原因是什麼而已。
直到今天才知道他因為筆友而有這段曲折的過往。
阿傑也因此變得薄情與偏激，開始遊戲花叢。
後來他只要交筆友，通信期限最多一個月，期限到了就不再留戀。
當初李紅杏因為交了男友而坦白說不能再寫信，阿傑便很敬佩她。

『你是要來勸我,還沒跟筆友見面之前,不要投入太多情感,才不會
　像你一樣越陷越深而無法自拔嗎?』我問。
「不。」阿傑說,「我是來鼓勵你。」
『為什麼?』
「雖然我認為連外表都沒看過能產生什麼狗屁愛情,但如果你和夜螢
　能修成正果,我或許會得到救贖。」他說,「所以請你加油。」
阿傑微微一笑,拍拍我肩膀。

『其實我不像你。』我說。
「是嗎?」
『你長得帥多了。』
「說得沒錯。」阿傑哈哈大笑。

隔天我還是會無時無刻想起了了,也納悶為何會在沙灘寫那四個字?
站在龍磐公園的大草原上居高臨下,海風大到幾乎站不住。
眺望曲折的海岸線、湛藍的太平洋和翠綠的山巒,都是壯麗與遼闊。
我又有股衝動,將雙手圈在嘴邊朝遠處大喊:我愛了了。
還好喊到「愛」時突然警覺,趕緊輕聲說出「了了」。

好不容易熬到回程,一進寢室,我立刻寫回信給了了。
我說這兩天在墾丁,會莫名其妙想念她,甚至有聽到她聲音的錯覺。
也常看著手腕上的螢火蟲發呆,或是晃動手腕讓螢火蟲在夜空飛舞。
如果當著她的面,這些思念的話我說不出口;

但若是寫信，我卻能侃侃而談。

『謝謝妳告訴我在漫天飛雪中可以一起白頭，我很有同感。在妳遇見
　妳所認定的人之前，如果我有榮幸，我願意每年冬天陪妳上合歡山
　等待著漫天飛雪，一年又一年，從不間斷。也許經過幾十年，始終
　等不到漫天飛雪，但我們幾乎爬不動了，以後很難再登上合歡山。
　那時我們應該會很沮喪，覺得一起白頭的夢想已幻滅。驀然回首，
　互望彼此，才發現我們的頭髮竟然都斑白了。原來不用漫天飛雪，
　我們也已經一起白頭了。』

寫完信的瞬間，終於明白為何我在沙灘上寫：我愛了了？
因為我已認定了了，就像小安還沒見到劉玉芬前就認定是她一樣。
也像光仔在還沒見到語柔之前就認定是她一樣。
了了說得沒錯，你認定是就是，並沒有特別的理由。

了了是個好女孩，我可以輕鬆找出一百個認定是她的理由；
但其實完全不需要理由，我只知道就是她。
也許當她寫下「了了晴山見，紛紛宿霧空」時，我就認定她；
也許當她送我螢火蟲墜子讓我被螢光照耀時，我就認定她……
總之我不清楚在哪個時間點認定她，但時間點也不重要。

愛情有時像一抹微雲，輕飄飄的，不必包含什麼深奧的道理。
我很喜歡了了，雖然從沒見過她卻渴望見她，腦海裡常浮現她，

心裡也滿滿都是她，這是我的一抹輕飄飄的微雲。

很多人認為至少要看到對方，並相處一些時間，那是愛情的門檻。

如果沒達門檻就只是自以為是的愛情，很容易因見面或相處而幻滅。

但這也只是另一抹輕飄飄的微雲而已。

將這封讓我有所領悟的回信投入郵筒，我長吁了一口氣。

仰頭看了一眼天空，天氣晴朗，讓我這座山的存在更明亮。

今年快結束了，這是美好的一年，因為遇見了了。

希望明年能繼續這種美好。

我和了了無法當面一起跨年，只能用來往的信件跨年。

我的信送走舊的一年，而收到了了的回信時，已是新的一年。

新的一年有了美好的開始。

「那我們就約好，每年冬天一起上合歡山等待漫天飛雪，這約定直到
　山無陵、江水為竭、冬雷震震、夏雨雪、天地合，才會失效。」

這算是我和她的白頭之約嗎？

以前的結婚證書上會有一段文字：謹以白頭之約，書向鴻箋。

沒想到我和了了也同樣將一起白頭到老的約定，寫在書信上。

「當初要跟你們班交筆友時，瑩瑩偷偷告訴我，會找一個最好的男生

跟我配對。當你寄來第一封信，她聽我描述你見筆友的經歷後說：
這怎麼會是最好的男生？我回她：為什麼不是最好？他可以很坦誠
說出最不堪的經歷，試問幾人能夠？當他被筆友無視而過，有憤恨
或報復之心嗎？他只是自嘲不管什麼髮型都不會讓自己好看，所以
不怪理髮師。而有了那樣的經歷後，他還願意交筆友，願意把心事
毫無保留說給我聽。對我而言，這樣的男生就是最好，他只是覺得
自己的存在感薄弱而已。我有幸能跟最好的男生通信，我一定努力
讓自己成為最好的女生，使他的存在成為閃閃發亮的事實。」

讀到這裡，剛好讀完第一片葉子，我依然感動不已。
因為了了，遮蔽我的霧氣早已散盡，我不再覺得存在感薄弱。
而她的螢光成為我的光明燈，我因而得到保佑與祝福。
原以為她只是讓我清楚的存在，沒想到在她眼裡，我是巨大的存在。
我未必是最好的男生，但她一定是最好的女生。

正要讀第二片葉子時，從第一片和第二片葉子之間滑落一樣物品。
竟然是一張照片！

8.

照片是一個大約六七歲的小女孩騎著一匹小馬或是迷你馬。
女孩五官清秀，臉上掛著天真無邪的笑，身材有些圓潤。
我既驚訝又疑惑，為什麼她寄這張照片給我？

把剩下的葉子都看完後，我才知道這是她最喜歡的一張小時候照片。

那是她六歲左右，父母帶她去后里馬場遊玩時所拍的照片。

我不禁拿起照片，一再端詳，陷入沉思。

「這匹馬好可憐。」阿傑說。

『喂。』

「她有些胖，壓得這匹馬走路應該會搖搖晃晃。」阿傑說。

『這樣算胖嗎？』我不確定。

「沒關係。」光仔安慰我，「小時候胖不是胖。」

光仔這麼說，那就確定是胖了。

「如果不想寄可以清楚看到長相的照片，寄側面或背影照就好，幹嘛
　寄小時候照片？」光仔說。

「會不會是現在的長相不好看，所以才寄小時候照片？」阿傑說。

「可能故意讓你以為她不好看才寄小時候照片，但其實她很好看。」

「也可能是暗示現在的長相不好看，但其實她長得更難看。」

光仔和阿傑你一言我一語，對著那張照片品頭論足。

「這張照片不是要表達外表的美醜，而是在說過去。」小安插進話。

『過去？』我愣了愣。

「她這封信的內容，是不是主要在說她的過去？」小安問。

我再快速看一遍她的信，從剛開始交筆友時她說我是最好的男生，

然後依序講她大一、高中、國中、國小、幼稚園的一些經歷。

確實是講她的過去，而且敘述的時間方向是朝著以前。

『沒錯。』我回答小安。
「你們應該談了很多現在與未來，所以這封信她補上過去。」他說，
「那麼時間軸就完整了，她想告訴你在任一時間的她。」
我恍然大悟，終於理解她寄這張照片的深意。
我和她聊了很多「現在」，而「未來」要到合歡山上一起淋雪，
於是這封信她主要說「過去」，也給了一張最喜歡的小時候照片。

「夜鶯很喜歡你。」小安下結論。
『夜螢啦！』我大聲糾正。

了了的外表是時間的函數，會隨著時間而改變。
但看著了了小時候的照片，卻有種似曾相識的感覺，
而且越看越熟悉，彷彿認識她十幾年了。
原來不管過去或未來，無論從前或往後，了了始終令我熟悉。

新的一年有新的變化，我開始當家教賺點錢。
因為和了了的白頭之約，我想買輛機車，方便載她上合歡山。
我是個窮大學生，買不起四輪車，頂多只能買輛二手機車。
但合歡山武嶺海拔 3,275 公尺，人和機車都可能有高山症。
我知道騎二手機車上合歡山很天真也很危險，但我也相信事在人為。
只要做好準備，再多的難關應該都可以克服。

隨即想起，我和了了還沒正式相約見面啊。
雖然已經約好一起上合歡山淋雪，那麼勢必得見面；
但我和她尚未具體說出「見面」這件事，而這對筆友來說是大事。
我心裡還殘存一些被放鴿子的陰影，這我可以克服；
而了了呢？她會不會有莫名其妙的不見面理由？

阿傑開始跟去墾丁玩時新認識的女孩約會。
「要不要一起去？」阿傑說，「我可以叫她多帶一個漂亮的女孩。」
『完全沒興趣。』我搖搖頭。
「很好。」他拍拍我肩膀，「你通過考驗了。」

小安和劉玉芬終於散步時不牽腳踏車了。
雖然還是在下課後一起走兩個小時，中間不坐下休息，
但只要沒一直牽著腳踏車走路，就已經正常多了。
『下次挑戰跟她一起坐下來喝杯咖啡或吃頓晚飯。』我說。
「不。」小安說，「要挑戰的是連續走三個小時。」
『……』

光仔和語柔的進展比較渾沌不明。
我去南師載光仔已是一個多月前的事，之後他又去了兩次南師。
他自己騎腳踏車去，和語柔在南師操場散步，再騎腳踏車回來。
我覺得他們的見面次數可以更頻繁，不過光仔說這樣的溫度剛好。

他還是把很多想說的話寫在信裡，見面時能說出口的話很少。
他和語柔見面後情感的進展如何？我們其他三人並不清楚。

「陪我去看電影。」光仔說。
我點頭說好，因為他說「陪我去」，感覺是孤身一人需要伴。
如果他說「一起去」，我就未必會說好。
我們去東安戲院，一次放映兩部二輪片，票價才80元。
第一部放映的竟然是《長短腳之戀》，這是七個月前首輪上映的片。
如果當初沒被放鴿子，我可能跟放鳥娟在西門町看這部片的首輪。

周潤發飾演計程車司機，不小心撞到王祖賢，以為害她變成長短腳，
但其實王祖賢天生就是長短腳。這部電影是很常見的港式愛情片。
「走吧。」看完《長短腳之戀》，光仔便起身離去。
『還有一部耶。』我很納悶，但還是跟著他離去。
「我是不是有長短腳？」走出東安戲院，光仔突然問。
『這……』我一時語塞。

光仔一年前被車撞，從醫院出院後，走路就感覺有些長短腳。
其實不嚴重，算輕微，只有當他慢走時，才會覺得走路樣子有些怪。
我們其他三人怕他難過，很有默契絕口不提。
『只有……』我終於說出口，『只有一點點，不明顯。』
「語柔也是說只有一點點。」他說。

光仔跟語柔第一次在南師操場漫步時，她看出他有些長短腳。
想到他被車撞、花了八個月拼命打工還錢、差點二一、
寫了 10 幾封信而自己卻置之不理，她很內疚甚至自責。
他們第二次在南師操場漫步，走不到半圈，她便承受不住。
他那時還以為她突然不舒服，便直接送她回宿舍。
昨天光仔收到語柔的信，她詳細說了心情，她說只要看到他長短腳，
她就會因強烈的愧疚感而痛苦不堪。

「為了不讓她痛苦……」光仔說，「我以後就不跟她見面了。」
『為什麼？』我大吃一驚，『她感到內疚又不是你的錯，何況如果她
　內疚，那她以後可以對你好一點，補償你啊。』
「20 歲時的愛情應該是陽光而開朗的，不該有愧疚感。」他說。
『可是……』我欲言又止。

「我會被車撞，是因為牽出機車時根本沒注意，才會太靠近馬路中間
　而被車撞，這都是我的錯，與語柔無關。在那八個月的打工時期，
　日子很灰暗，語柔是我唯一的光亮，而寫信給她是我唯一的慰藉，
　我才可以撐過那段日子。對於語柔，我只有感恩，從來沒有埋怨。
　既然她只要看到我就會內疚，那我只好不讓她看到了。」光仔說，
「可惜我跟她無法談一場 20 歲陽光而開朗的戀愛。」

『物理治療可以改善長短腳，等好了以後再去找語柔。』我說。
「好。」他說，「希望她那時還沒嫁人。」
『她敢嫁別人就試試看。』我笑了。

「她是眞的敢。」光仔也笑了。

語柔是個偏執的女孩，只要看到光仔，她沒辦法不感到內疚。
而光仔唯一不讓她感到內疚的方法，就是不跟她相見。
他應該也會盡量不寫信，以免彆扭的語柔又聯想起他走路的樣子。
甚至他可能不再寫信給她。

20歲時的愛情當然是陽光而開朗的，但也要我們願意走到陽光下。
如果是了了，她會把內疚拿出來曬太陽，然後鼓勵你做物理治療。
萬一治不好，她就陪你走過以後的長短人生。
了了期許自己成爲太陽，散去遮蔽我的霧氣，但其實她早已是太陽。
跟她相處時的一切，都是陽光而開朗的。

跟光仔看完《長短腳之戀》隔天，我收到了了的信。
信上說週六她會到外宿同學的住處，那裡有支電話，她寫了號碼。
晚上10點到10點10分之間，她會守在電話機旁，我可以打給她。
我興奮異常，沒想到竟然有這等好康的事。

明天就是週六，我得找台公共電話，雖然校園內有很多台公共電話，
但使用的人更多，打電話幾乎都要排隊，根本不適合用來跟她聊天。
我決定今晚要在學校周圍尋找位置較偏僻、較少人使用的公共電話。
明晚跟她講電話時，才不會因爲有人等著打電話而匆匆結束。

我看中一台投幣式公共電話，觀察了一晚，幾乎無人使用。
這台公共電話在街燈照射不到的角落，深夜很少人會選陰暗的這台。
何況不遠明亮處另有兩台公共電話，一台卡式、一台投幣式，
即使我使用這台陰暗公共電話的時間很久，也不至於耽誤別人。

週六夜晚來臨，我比想像中更緊張，才剛過9點，我便坐不住。
阿傑叫我快出去打電話，不要像個瘋子在寢室內走來走去。
我將收集來的1元、5元、10元硬幣，裝滿褲子左右邊口袋，
出發前往那台投幣式公共電話，9點半就到了。
還有半小時，先簡單測試這台公共電話，很正常，沒故障。
然後在原地走來走去，如果有人路過，可能會以為我要搶劫吧。

時間到了，左手拿起話筒，右手投進幾個硬幣，開始撥號。
撥號時按鍵的手指頭有些抖，差點按錯鍵。
電話撥通後的一長串嘟嘟聲，讓我的心跳破表。
電話接通了，地球瞬間停止轉動，整個世界彷彿凝固。

『請問葉秋螢在嗎？』感覺心臟快從嘴巴跳出來。
「我是了了。」說完後她笑了。
我也跟著笑，她說是了了，那就是了。
而且一聽到「了了」，地球又開始轉動，世界恢復正常。

『妳好嗎？』我一面說話，一面投幣。

「我很好。」她說，「你好嗎？」

『我也很好。』

「嗯。大家都很好。」她笑了，「那真是太好了。」

我也笑了，她的笑聲具有很強的感染力。

『我們講電話會不會對妳同學造成困擾？』

「不會。反而是對我們有困擾。」她說，「因為她們會想偷聽。」

『那怎麼辦？』

「瑩瑩會保護我們。」她又笑了。

我也跟著笑，真的很容易被她的笑聲傳染。

笑聲暫歇，我們同時沉默，只聽到一個個硬幣跌落的噹啷聲。

如果我和她是現實世界的戀人，便會互訴衷曲，讓電話線熱得發燙。

但我們不是無話可說，其實是有很多話想說，只是多數說不出口。

即使彼此心裡應該都認定對方是戀人般存在，但從未見過彼此，

也從未聽見對方聲音，一旦見面或講電話，可能無法暢所欲言。

因為習慣用文字溝通，現在突然改用語言，會覺得卡卡的。

『了了。』我打破沉默。

「嗯。」

『終於可以當面叫妳了了，真好。』

「還沒當面呢。」

『那……』我想約她見面，但話到嘴邊卻說不出口。

她沒催促，靜靜等我往下說。

「你在哪講電話？」等了一會後，她問。

『一台投幣式公共電話，這裡很暗，旁邊都沒人。』我說。

「抱歉。委屈你在黑暗中打電話。」

『暗才好。』我說，『我右手腕上有隻螢火蟲，她正發出綠色螢光。

當我晃動右手，便看見在夜空中輕舞的螢火蟲，既美麗又優雅。』

「謝謝。」她笑了，「我好喜歡輕舞這形容。」

『其實在我們通信的這段日子裡，妳一直在我的心裡輕舞。』

「我……」她欲言又止。

『嗯？』

「我說不出口。寫信告訴你。」她輕聲說。

今夜很冷，這裡刮的風也強，我吸口涼氣，雙腳原地小跑步以驅寒。

「外面很冷吧。」她應該聽到我吸氣的聲音，「抱歉，我太粗心了，

沒考慮到你會在戶外打公共電話。」。

『這是我的問題，是我自己不找個公共電話亭打電話。』

「為什麼？」

『因為超人會在裡面換衣服。』

她的笑聲變得響亮，很清脆又乾淨的笑聲。

「你會冷嗎？」笑聲停止後，她說。

『不會。』我說,『我如果覺得冷,不要笑就好。』

「為什麼不要笑?」

『因為會變成冷笑。』

「那我可以笑嗎?」她邊笑邊說。

『當然可以。』我說,『不管天氣再冷,妳的笑一定總是溫暖。』

「謝謝。」

『謝謝妳送我這隻螢火蟲,她不僅精緻典雅,而且還是可以讓我隨時
　戴在手上的光明燈。』我又讓螢火蟲輕舞。

「你太客氣了,螢石沒鑲得很好,算不上精緻典雅。」她說。

『客氣?』我說,『如果要客氣,我就會說夭壽好看、好看得要死、
　死了都覺得好看。其實只說精緻典雅已經很委屈這隻螢火蟲了。』

她邊聽邊笑,透過電話線傳來的笑聲頗具磁性。

「看你信時,常會感覺你的口吻有點痞,剛剛聽你說話的樣子,確定
　我的感覺沒錯。」她笑了,「你會痞痞的,不過是可愛的痞子。」

『這樣好嗎?』

「很好呀。我喜歡聽你用這種口吻說話或寫信。」

『妳用痞子形容我,我卻用輕舞形容妳,我算不算以德報怨?』

「算。」她說完後又是連珠似的清脆笑聲。

『對了,妳把最喜歡的小時候照片給了我,那妳怎麼辦?』

「沒關係。我就是想給你。」

『其實我本來想回信也跟妳說我的成長歷程,但突然有種感覺……』

「什麼感覺？」

『沒有認識妳的過去歲月……』我說，『乏善可陳。』

她似乎愣了愣，久久才發出嗯一聲。

『怎麼了？』

「我說不出口。寫信告訴你。」她輕聲說。

這種話她說了好幾次。

我和她都是心有餘而嘴巴不足，心裡很多話想講，嘴巴卻無法同步。

『妳寄來的每片葉子，我都會收好。』我說。

「辛苦了。」她說，「謝謝。」

『我算過了，已經收到妳寄來96片葉子。』

「有那麼多呀！」她驚呼。

『嗯。謝謝妳。給了我這麼多片葉子，而且每片葉子都那麼珍貴。』

「哪裡哪裡。」她應該不好意思了，「是你不嫌棄。」

『妳聽過有人嫌棄金子嗎？』

她沒用語言回答，而是用笑聲。

「下封信，我會湊成一百片葉子。」她說。

『太好了，那就是百葉，把百葉靠近窗戶就變百葉窗了。』

「你又來了。」她笑了。

『我已經很克制了，沒說百葉豆腐。』

她還是用笑聲回應。

聽到嗶的警示聲，那是說沒錢了，電話要被切斷了。
趕緊從口袋掏出剩下的硬幣，紛紛投入公共電話的投幣孔。
『了了晴山見。』我說。
「嗯？」
『紛紛硬幣空。』我說，『我帶來的硬幣全都投進去了。』
「那我們就講到電話被切斷為止。」

『了了。』
「請說。」
『謝謝妳讓我叫妳了了。』
「這是你的專利，我也喜歡當你的了了。」
輪到我說不出口回應她。

『謝謝妳的存在，讓我可以明顯存在。』停頓了一會，我說。
「不客氣。」
『謝謝妳的螢光，那確實是我的光明燈。』
「不要再說謝了。」她笑了笑，「快沒錢了。」
是啊，要再說點什麼呢？得趕快，不然就沒得說了。

『我們的白頭之約……』我終於鼓起勇氣。
「白頭之約？」
『就每年一起上合歡山等待漫天飛雪的約定，直到走不動為止。』
「哦。」她笑了，「走不動還是要去。」

『好。』我說。

她又笑了，笑聲真好聽，即使電話快斷了我也不想打斷她的笑聲。

『那我們得先約好──』

電話斷了，「見面」來不及說。

掛上話筒，四周陰暗，手腕上的螢火蟲依舊發出螢光。

我輕輕晃動右手，在原地轉圈，欣賞輕舞的螢火蟲。

彷彿身在夢境，感覺很不真實。

離開公共電話，走了幾步，碰到街燈的光芒。

螢光滅了，我回到現實世界。

9.

餘音繞梁，三日不絕。這句話非常精準。

跟了了講完電話後，她的語音和笑聲足足在腦海裡繞了三天。

我也很懊惱勇氣來得太遲，沒能在電話中跟她相約見面。

其實可以通話已經是老天莫大的恩賜，畢竟原先我們只能通信。

通話的內容講些什麼並不重要，重要的是通話本身。

一向只能用文字對話的我們，突然可以用聲音對話了。

從通信到通話，所跨越的不只是距離，而且是維度。

通信是一維的線，通話是二維平面，見面就是三維立體空間了。

第四天收到了了的信，果然是四片葉子，剛好湊足百葉。
以往讀她的信時，會想像她的聲音，偶爾有聽到她聲音的錯覺。
但讀這封信時，已經不是錯覺了，她的聲音會在耳畔響起。
這封信彷彿變成有聲書，她正一字一句唸給我聽。

「你像一條漸近線，而我是條曲線，從遙遠的某處，在一個機緣下，
　開始寄給你第一片葉子，然後慢慢朝你前進。寄給你的葉子越多，
　我越靠近你。如今終於寄給你一百片葉子了，這是個里程碑，將來
　要朝兩百片葉子邁進，然後是五百片、一千片。我也聽見你聲音，
　這讓我更加靠近你。我一定會越來越接近你，如果我走了無窮遠，
　我們的距離便會無限接近零，但不會有交點，我永遠無法接觸你。
　你不覺得這聽起來就很傷感嗎？」

她的語氣有些傷感，我彷彿可以看到她黯然的神情。
她說得沒錯，不管收到多少葉子，即使也可以聽見彼此聲音，
感覺越來越親近，卻始終無法接觸。
剎那間我明白了，那個只有我可以給她，她最想要的生日禮物。
就是在她生日當天，我與她見面。

我馬上回信，信尾寫上：
『電話被切斷的最後一刻，我想說的全文是：那我們得先約好見面。
　可惜「見面」沒說出口，但寫出來應該也可以吧。所以，了了⋯⋯

我們見面吧,在妳生日那天。好嗎?』

幾天後收到了了的回信,只有兩片葉子。
在第一片葉子上方,她只寫了一個字。
這個字比平常字體大兩倍,而且特別加粗。

好

「我一直很想見你,很想很想。每當摺信紙時,摺的並不是紙,而是
  渴望,渴望能見你。摺出來的葉子越多就越想,每片葉子都承載著
  想見你的念頭。念頭越來越強烈,葉子就越來越厚重,我甚至擔心
  信件會因此而超重。我感覺自己像是盲人,最大的願望就是看到,
  但並不在乎看到什麼或看到的樣子到底是如何。我真的很想見你,
  如果沒看到你,我一定會抱憾終生。」

原來她跟我一樣,也早有了見面的念頭。
而且她也是單純想見面,想將她心靈世界裡的我具象化。
如果我們兩人都能將心靈世界裡的對方具象化,
也許可以攜手走進現實世界中,一起迎向陽光與經歷風雨。

『如果能跟妳見面,彷彿夢想終於實現。之前妳只在我的心靈世界中
  輕舞,將來你也會在我的現實世界裡輕舞。而且見一次面既可滿足

我想見妳的渴望，又可以當成是給妳最棒的生日禮物。見一次面，
兩種意義，我占了便宜。但我是不管剪成什麼樣的髮型都無法坦然
說好看的那種人，如果妳看到我，會不會覺得相見不如懷念？』

畢竟曾經被放鴿子，要跟了了見面，還是不免有些忐忑。
我確定了了不會放我鴿子，但如果她看見我後露出失望的神情，
我大概又要被濃濃的宿霧遮蔽。
而且如果了了的外表像我一樣，我還願意與她在現實世界中攜手嗎？
我能通過這種考驗嗎？

「你忘了嗎？你說過只要叫我了了，就感覺變得明亮。所以請記得，
　當你一看到我時，要叫我了了，那麼你就是明亮的存在。如果你還
　擔心不夠明亮，那我就變成一隻更大的螢火蟲，鑲上更大顆螢石，
　於是我不能叫輕舞，得改叫肥舞。而外表美麗這個任務，就交給我
　完成。我一個人的美麗程度，應該足夠我們兩人份使用。」

我不再忐忑，只要在了了身邊，我就是明亮的存在。
我也相信會通過考驗，不管她是輕舞還是肥舞，都是我的光明燈。
沒想到她竟然也會用像我一樣痞痞的口吻說話，
看來我們彼此的感染力都很強，而且我們之間比想像中更熟悉。

寒假到了，了了回老家，我留在學校工讀。
我和光仔在系上教授的實驗室幫忙做實驗，還有整理和分析資料。

偶爾會坐船出外業，性質大概是測量和採樣。
如果在實驗室，每人每天500塊，出外業則有800塊。
我要買機車，光仔要做物理治療，我們兩個都需要賺點錢。
除了過年那個禮拜外，我和他每天都在實驗室或海上。

了了給了我她家的地址，方便我寫信給她。
我們在寒假中的通信很常聊起見面的細節，這是最快樂的話題。
寒假中她寫信的口吻總是輕鬆愉快，我彷彿可以聽到笑聲。
而我在船上追逐海面上的浮標時，也常會大喊：
『了了！我要來見妳了！』

她的生日是3月15，我們約好那天在靜宜校門口見面。
她會穿她最愛的一件深咖啡色碎花連身裙；
我則穿藍色牛仔褲和我的系服——深藍色夾克，
右手腕上戴著只屬於我的，獨一無二的光明燈。

『這場見面太重要了，為慎重起見，還需要通關密語。我的通關密語
　是看到妳時要學自由女神像那樣高舉右手，露出手腕上的螢火蟲，
　然後說：這是我的光明燈。而妳的通關密語就是要指著螢火蟲說：
　是輕舞的螢火蟲耶。』

「這種通關密語對你來說太不公平了，因為我已經知道你長得不帥，
　但你完全不知道我長得超漂亮。一旦看到我，在沒有心理準備下，

　你可能會驚豔到說不出話，右手也會由於顫抖而舉不起來。我建議
你的通關密語要改為：哇！妳實在太美了！美得超乎想像！而我的
通關密語則改為：你知道就好。」

3月15那天，能確定的是我和她見面時的穿著。
而改了好幾個版本的通關密語，最後確定的通關密語是什麼？
我們既不清楚也不在乎，只是單純享受見面前的期待和興奮而已。
快要見面了，我們寫在信紙上的每一個字彷彿都在雀躍。

她說了幾次她長得超美，可能只是回應我的痞式口吻，或是玩笑話。
但搞不好是真的。我不由得開始幻想她的長相與外表。
我做了幾次夢，夢裡出現見面時的場景，結局有好有壞。
有時夢裡的她穿著我想像中的深咖啡色碎花連身裙；
有時只是一隻在夜空中輕舞的螢火蟲。
她的長相或樣子在夢中是模糊的，如果是螢火蟲也只看到螢光。

了了說她晚上睡覺時沒有做夢，因為她的夢就在現實生活中。
「能跟你見面，對我來說，就像做夢。」她說。

開學了，了了回學校，我也結束實驗室和海上的漂流。
我利用家教和工讀所賺的錢，花一萬兩千買了一輛二手野狼機車。
藍色油缸，車齡是七年，整體車況還不錯。
從車行把這輛野狼騎回來時，他們三人都試騎了一下，反應很好。

晚上在寢室時，我們四人不約而同唱起野狼機車的廣告歌：

> 我從山林來　越過綠野
> 跨過溝溪向前行
> 野狼……野狼……野狼
> 豪邁奔放　不怕路艱險
> 任我遨遊　史帝田鐵
> 三──陽──野狼125……

這首廣告歌曲是李泰祥唱的，非常轟動，我們早已耳熟能詳。
廣告片尾一對男女深情對望，雙方的臉緩緩靠近像是要接吻。
可惜被雙方頭上所戴的安全帽阻隔，最後只互相碰觸鼻尖。
這畫面浪漫度爆表，我不禁想像成我和了了。

了了也看過這廣告，她說片尾戴著安全帽的男女，
讓她聯想到卡通《科學小飛俠》裡的1號鐵雄與3號珍珍。
我很佩服她的聯想力，科學小飛俠所戴的頭盔確實很像安全帽。
她在信中乾脆自稱是3號珍珍，然後稱呼我為1號鐵雄。
她還說見面當天，她要戴著安全帽，唱《科學小飛俠》主題曲。

> 飛呀　飛呀　小飛俠
> 在那天空邊緣盡情的飛翔
> 看看他多麼勇敢　多麼堅強

爲了正義　他要消滅敵人
爲了公理　他要奮鬥到底
飛呀　飛呀飛呀　小飛俠
衝呀　衝呀衝呀　小飛俠
我愛科學小飛俠　我愛科學小飛俠
多勇敢呀　小飛俠

爲了要聽了了唱〈科學小飛俠〉，我想在見面當天騎野狼去沙鹿。
原來光仔一年多前借一輛RZR想騎去見語柔，就是類似的心情啊。
「太遠了，不行。」阿傑說，「我反對。」
「我贊成。」光仔說，「這樣超浪漫的。」
「你會像光仔那樣得意忘形，會出事。」阿傑說。
「他會記取我的教訓，一定會更小心。」光仔說。
他們兩人的意見剛好相反，爭論不休。

『你的意見呢？』我問小安。
「很好啊。」小安說，「兩個人應該牽得動一輛機車。」
『機車是用來騎的！』
「用牽的不行嗎？」
小安雖然贊同，但他的意見可以直接跳過。

最後阿傑要我先騎一趟曾文水庫來回，測試自己體能和機車性能；
然後他再陪我騎一趟墾丁來回，確定都OK了，我就可以騎去沙鹿。
3月15約會結束後，我得在台中過一夜，隔天早上再騎回台南。

他用了「約會」這字眼，我笑得合不攏嘴。

太好了，3號珍珍請注意，1號鐵雄要騎野狼機車去找妳。

「我開始做夢了，但不是晚上睡覺時所做的夢，而是白日夢。開學後
　每當經過校門口，我都會停下腳步環顧四周，彷彿你會隨時出現。
　只要出現藍色身影，我都會有『那是你』的錯覺。有時你會出現在
　馬路對面，有時你會站在校門口警衛室旁；有時你帶著微笑，有時
　你行色匆匆。我突然想說：我是了了，我就在這裡，你快過來呀！
　可是我知道自己正在做白日夢，只能強忍大聲呼喚你的衝動。所以
　我決定見面那天一看到你時，不管旁邊有沒有人，我都要大聲說：
　我是了了，我就在這裡，你快過來呀！」

看到她信上的文字，我恨不得立刻騎上野狼出現在她面前。

只可惜還有半個月，還得再忍耐這感覺像半世紀之久的日子。

了了，見面那天即使妳沒有呼喚，我也一定如光速般飛奔向妳。

三天後我在信箱發現一封詭異的信。

那是中式標準信封，寄信人地址只寫：內詳。

而收信人也只寫：振揮，連姓都沒有。

陌生的黑色字跡讓我有一股強烈的不安感。

拆開那封信，信紙像是從筆記本裡所撕下，左邊是不規則的弧線。

「我是秋螢的室友，不知道你貴姓，請別介意。很冒昧通知你，前天

晚上在靜宜校門口，一輛闖紅燈的砂石車奪去秋螢的生命。請你來
送她好嗎？她一直很想見你。」
信紙下方寫了告別式的時間地點，還有一些濕了又乾的痕跡。
這張紙突然變成千斤重，我拿不住而滑落地上。

宛如五雷轟頂，我的腦中到處是爆炸聲，我下意識摀住耳朵。
光仔撿起地上的信紙，只看了幾眼就遞給阿傑和小安。
『一定是惡作劇。』我掙扎著說話，『連我姓蔡都不知道，而且名字
還寫錯，我是光輝的輝，不是揮手的揮。』

「你知道語柔姓什麼嗎？」光仔問。
『不知道。』我搖搖頭。
「語柔姓吳。」他又問，「語柔這名字怎麼寫？」
『語言的語，柔軟的柔。』
「是下雨的雨才對。」他說，「她一定是夜螢的好朋友，總是只聽到
夜螢叫你振輝，所以才不知道你的姓，名字也是同音的錯字。」

我知道寫信的人是誰，她是瑩瑩，唯一稱呼了了「秋螢」的人。
我只是不想面對帶來殘酷現實的這封信而已。
「你要……」光仔拍拍我，但說不出話。
阿傑和小安也分別站在我左右，似乎是想隨時可以扶住我。
而我已經被濃霧團團籠罩，螢光也已消失，整個人陷入完全的黑暗。

告別式那天竟然也是3月15，這原本是我和了了相約見面的日子。

我穿上藍色牛仔褲和深藍色系服，這是約定見面時的穿著。

他們三人說衣服顏色應該可以，不會在告別式失禮。

我搭早上6點的海線火車，到沙鹿的普通車，要坐三個多小時。

才剛走進告別式會場，有位女孩直接走向我。

「請問你是振輝嗎？」她問。

『嗯。』我點個頭，『敝姓蔡。』

「我是瑩瑩。謝謝你今天能來。」她的眼淚瞬間飆出眼角，「秋螢
　一定很高興。」

我想安慰她，卻發覺我才是更需要被安慰的人。

瑩瑩說看到我的穿著，就知道是我。

「謝謝你穿這樣。」瑩瑩始終止不住眼淚，「秋螢不會有遺憾了。」

遙望了了的遺像，想起她說：我是了了，我就在這裡，你快過來呀！

『那我去見了了。』我說。

「嗯。」瑩瑩用手擦乾眼淚，點點頭。

站在了了的遺像前，我竟然不會覺得陌生。

她果然是個美麗的女孩，她之前說的不是痞式口吻，也不是玩笑話。

瑩瑩也算漂亮，但跟了了比起來還差一截。

『哇，妳實在太美了，美得超乎想像。』我在心裡默唸這通關密語。

我彷彿看見了了拉起嘴角，微笑說：「你知道就好。」

公祭上香時，我在心裡默唸：『今天是妳20歲生日，祝妳安息。』
要離開會場前，瑩瑩叫住我。
她拿出一張紙，我一眼就看見那片熟悉的葉子。
「這是秋螢在寒假前寫的，她曾說要在你們見面後才會寄給你。」
我接過這片葉子，小心收進夾克的口袋。

我坐計程車到靜宜校門口，這個原本該是我與了了見面的地點。
環顧四周，我等待著穿深咖啡色碎花連身裙的女孩出現。
等了好久好久，始終沒出現咖啡色身影。
恍惚間我看到一隻螢火蟲在輕舞，緩緩飛到馬路中，螢光瞬間消失。

天空正下著細雨，了了曾說下雨其實是雲悲傷在哭。
我仰頭對著天空中的雲說：
『別哭了，沒事的，我就在妳身旁，一切都會好轉。』
雨漸漸停了，雲不再掉眼淚。

眼淚可以忍住，但悲傷不行。
我承受不住巨大的悲傷，雙腿癱軟，抱著頭蹲下來。

10.

回到寢室，從夾克口袋掏出那片葉子。

這是最後一片葉子，以後不會再有了。

定了定心神，緩緩攤開最後一片葉子……

振輝：

有些話原本應該在電話中告訴你，但始終說不出口，只好用手來說。

用手說比用嘴巴說簡單多了，這你應該同意。對吧？

這封信會在我們見面之後才寄出，所以見面時我們發生什麼？

現在寫信的我並不知道。

見面之後，我們之間會如何？我也不清楚。

也許見面後你嫌棄我太漂亮就不再理我了也說不定。

但在見面之前，我一定要告訴你，我認定是你。

有些東西是假的，比方瑩瑩說她長得不漂亮。

有些東西可能是真的，比方瑩瑩說我長得比她漂亮。

有些東西應該是真的，比方瑩瑩說追她的男生很多。

但總有些東西就是真的，而且是如同太陽般閃閃發亮的真。

比方現在坐在書桌前寫信的我，認定是你。

你曾說過，20 歲時的愛情應該是陽光而開朗的。

我很認同。

所以我想成為你的太陽，幫你趕走所有遮蔽你的霧。

而夜晚，我就是螢火蟲，即使只有微弱的光也想照亮你的黑夜。
我很喜歡也很樂意成為太陽與螢火蟲。

整數有質數和合數，質數除了 1 和本身外，沒有別的因數；
而合數除了 1 和本身外，還有其他的因數。
但我是 1，1 的因數只有 1。
不管是心靈世界或現實世界，我都只有你。

我想跟你在一起，時間有多長就過多長，路有多遠就走多遠。直到
山無陵、江水為竭、冬雷震震、夏雨雪、天地合，才會離開。

你的了了

我拿出信紙立刻回信。
才剛在信紙第一行寫下「了了」，握筆的手便僵住。
那一瞬間，我才想起她已經不在了，收不到回信。

我不禁悲從中來，淚水竄出眼眶，一顆顆滴落在信紙上。

～The End～

寫在《第一次的親密接觸》十年之後

故事可能有些長，你準備好聆聽了嗎？

我用了「聽」這個字眼，你覺得奇怪嗎？
或是你早已被我的白爛訓練得處變不驚呢？

〈第一次的親密接觸〉的時間背景在 1997 至 1998 年間。
那時我念博五，研究室有兩台電腦，一台較新用來跑程式；
另一台是老舊的 486，我總是用它上 BBS。
當時我的論文面臨瓶頸，我總是利用跑程式的空檔，上 BBS 散散心。
那是一個可以透透氣的窗口。

天使的沮喪可能只是羽毛髒了，或是被上帝唸了一句；
但地獄的惡鬼每天只能乞討死人骨頭來吃，也沒聽他們抱怨過。
惡鬼的鬱悶可能是地藏王菩薩很久才來看他們一次。
BBS 的世界裡，天使、惡鬼、人、畜生都有，帶著各自的氣息上 BBS。
他們除了傾吐自己的情緒外，也試著理解另一個環境裡的喜怒哀樂。

我在BBS上認識一些人，男的女的都有，有些跟我念同一所學校，
有些得坐上10幾個小時飛機且飛機不撞山墜海才能碰頭。
如果在線上遇到，總會互丟水球聊上幾句，有時聊得起勁便是一整夜。
每當有人丟我水球，那台486就會噹噹噹……
連響十個噹，不多不少。
我常一個人在研究室待一整夜，在幾乎所有人都熟睡的深夜3點，
這種噹噹聲，像是耶誕鐘聲，是孤單夜裡的唯一慰藉。

BBS走入人類文明歷史的時間並不長，大學校園裡的青年男女，
還在學習與適應這種新興媒介下所誕生的人際關係。
「見網友」成為一種新鮮刺激又有趣的活動。
當兩個既熟悉卻又陌生的人第一次見面時，他們第一句話會說什麼？
如果與心中的期待落差太大，會不會想吃黯然銷魂飯配傷心斷腸魚？

校門口偶見左手拿手帕畫方、右手拿衛生紙畫圓的人，等著跟網友相認。
喜歡裝神祕的，三更半夜戴鴨舌帽約在黑暗的小巷口，活像毒品交易。
熬了一夜沒睡，清晨6點與未曾謀面的網友約在麥當勞一起吃早餐，
回來後驚嚇過度導致精神亢奮於是跑去捐血的故事也曾聽說。

這個時期BBS上的小說，結構未必完整，故事也通常起了頭卻沒結尾。
內容屬於心情記事者多，故事性強，常見流水帳敘事方式以接近生活。
文字簡單直接，技巧不高，但語氣多半真誠。
當我看到這些小說時，常覺得作者並非寫給人看，而是說給人聽。

「嘿，我在說話呢。你聽見了嗎？」
我彷彿可以聽見作者的聲音。

久而久之，我也有了想說話的衝動，便開始在BBS小說板上說話。
你看《第一次的親密接觸》時，會不會覺得我好像在自言自語？
那你聽見我的聲音了嗎？

所以我用了「聽」這個字眼。

1998年3月15深夜三點一刻，研究室窗外傳來野貓的叫春聲和雨聲。
程式仍然跑不出合理的結果，我覺得被逼到牆角，連喘息都很吃力。
突然間我好像聽到心底的聲音，而且聲音很清晰，我便開始跟自己對話。
通常到了這個地步，一是看精神科醫師；二是寫小說。
因為口袋沒錢，所以我選了二。
一星期後，我開始在BBS小說板上寫〈第一次的親密接觸〉。

〈第一次的親密接觸〉連載時即造成轟動，貼完後更是一發不可收拾。
那時我每次上線，信箱都是爆的，必須先整理信件才可以正常使用。
我在閱讀信件時常覺得迷惘：這些讚美是真的嗎？
事實上兩年前我才剛因作文成績太差而導致技師考落榜。
（此段敘述可見《檞寄生》三版的後記。順手買本書、救救窮作者。）

如果你是塊磚頭，相信自己是堅固的，叫自信；
相信自己可以經過千百年的日曬雨淋而不腐朽，叫狂；
而相信自己比鑽石硬且比鑽石值錢，那就叫無知了。
我很擔心聽多了讚美之後，我會從自信變為無知。
所以我開始試著告訴自己，那些讚美是善意，但千萬不能當真。

《第一次的親密接觸》的出書過程，只是順手而已，我在序裡已提到。
沒想到會造成一種新的現象，更讓我突然擁有「作家」這種身分。
每當有人稱呼我為網路作家、暢銷作家或與我討論寫作這東西時，
我心裡總會浮現一句話：「劍未佩妥，出門已是江湖。」

我已身在江湖，並被江湖人士視為某個新興門派的開山祖師。
但我甚至連劍法都沒學過。
江湖上的應對、道義與規範，不是一個像我這種學工程的人所能理解，
而且也不習慣。

那年我29歲，是個理工科學生、沒投過稿、作文成績不好、
從未參加過文學獎，卻莫名其妙進入寫作的江湖世界。
經過了10年，我39歲。
我已在校園當老師，仍然被視為寫作江湖中的人物，
但劍法還是沒學成。

當《第一次的親密接觸》輕易越過台灣海峽而不必在香港轉機時，

大陸書市出現了第二次親密接觸、再一次親密接觸、又一次親密接觸、
無數次親密接觸、最後一次親密接觸等書籍，作者名字都冠上痞子蔡。
但跟我一點關係也沒有。
有位作者寫信告訴我，他因為崇拜我，便將「筆名」取為「蔡智恆」，
然後用蔡智恆之名出書。
這真的是太黯然、太銷魂了。

我從來沒有寫《第一次的親密接觸》續集的念頭。
原因很簡單：我認為故事已經說完了。
但很多人似乎不這麼想。
曾有個廣告公司女企劃聯絡我，希望我寫續集，然後說起她的構想。

輕舞飛揚走後，痞子蔡始終鬱鬱寡歡，最後一個人跑到法國巴黎旅行。
當他漫步在塞納河左岸時，竟然發現輕舞飛揚在街角咖啡館內喝咖啡。
他揉了揉眼睛確定不是夢後，用顫抖的手推開店門走入。
於是他們重逢了。
在滿室咖啡香中，他們盡情訴說分離後的點滴。

痞子蔡可能去跑船三個月、去蒙古草原剪羊毛、去101樓頂高空跳傘，
但他根本不會坐20個小時飛機到浪漫的巴黎，這不是他的風格。
雖然痞子蔡也許因為某種不可抗拒的因素到巴黎（比方撿到錢），
但如果真在塞納河左岸遇見輕舞飛揚，他不會顫抖地推開店門，
而是顫抖地掉進塞納河裡。
所以重點是，輕舞飛揚已經離開人世，痞子蔡又怎能遇見她？

「這簡單。」女企劃說，「輕舞飛揚有個孿生妹妹——輕舞飄飄，
　跟輕舞飛揚長得一模一樣，所以痞子蔡遇見的是輕舞飄飄。」
我在心裡OS：飄你媽啦，最好是這樣。
她可能聽出我的沉默，笑了笑後說：
「要不，痞子蔡遇見的是另一個輕舞飛揚。因為人家都說，這世界上
　有三個人會長得一模一樣，所以還有兩個輕舞飛揚。」
我這次更沉默了，連在心裡OS都懶。

「接下來這種可能最勁爆。」她的口吻很神祕，「輕舞飛揚根本沒死！」
『啊？』我終於打破沉默。
「活要見人、死要見屍。小說中並沒說痞子蔡看到輕舞飛揚屍體不是嗎？
　其實輕舞飛揚只是裝死，然後到法國治病，就像小龍女騙楊過一樣。」
『……』

「無論如何，」她下了結論，「痞子蔡和輕舞飛揚一定要在巴黎塞納河
　左岸重逢，然後一起喝咖啡。」
『一定要在塞納河左岸喝咖啡？不能在塞納河右岸吃烤香腸嗎？』
「我沒告訴你嗎？」她說，「這是『左岸咖啡館』的廣告呀。」
然後她笑了起來。但我卻瘋了。

後來又有幾家廣告商找上門，比方說筆記型電腦推出新機型找我代言。
痞子蔡機型是藍色外殼，輕舞飛揚則是咖啡色外殼。

我要做的只是在藍色筆記型電腦上打字，假裝與輕舞飛揚聊天。
還有泡麵廣告，我只要裝出一副這輩子從沒吃過這麼好吃的東西的表情，
然後說「吃了這款泡麵，就能遇見輕舞飛揚喔」之類的蠢話即可。

你應該知道像我這種謙虛低調、有為有守、愛護小動物、遵守交通規則、
常牽老婆婆的手過馬路的人，是不會這樣消費痞子蔡與輕舞飛揚的故事。
所以我通常委婉地拒絕，或是直接裝死。
而路上偶見「輕舞飛揚托兒所」、「痞子蔡珍珠奶茶」等招牌，
這些都跟痞子蔡無關，也跟輕舞飛揚無關。

痞子蔡與輕舞飛揚相識於 1997 年的 BBS，緣分結束於 1998 年。
故事結束了。
所有延伸的生命，只在你我心中。
如果你願意讓這故事在心裡延伸的話。

2004 年我在大連外語學院演講，演講完後約十個女孩走上台。
她們各用一種外語，對著我唸出輕舞飛揚那封最後的信，
並要我猜猜是哪種語言？
這些像輕舞飛揚年紀的女孩，很認真扮演輕舞飛揚在她們心目中的樣子。
甚至全身的穿著也是咖啡色系。

結果我只猜出英、法、日、韓、西班牙語，其他都猜錯。
當最後一位女孩用日語說出最後一句「あいしてる」時，

所有女孩靠近我，臉朝著我圍成半圓形，其中一個女孩開了口：
「輕舞飛揚的遺憾，就是沒能親口告訴痞子蔡這封信的內容。
　現在你終於聽到了，輕舞飛揚就不會再有遺憾了。」
然後她們同時面露微笑，朝我點了點頭後，便走下台。

我突然感動得全身起了雞皮疙瘩。
那一瞬間，我想起有個醫學系學生說他會把研究蝴蝶病當畢生的職志；
也想起很多蝴蝶病友寫信告訴我，她們會珍惜生命，讓生命輕舞飛揚；
更想起從世界各地寫來的信，跟我分享他們身邊的，輕舞飛揚的故事。
我知道我雖然已把故事說完，但故事的生命還在很多人心中延續著。

那麼《第一次的親密接觸》的源頭呢？
這十年來，不斷有人問我故事是真或假的問題，
不管是認真地問、試探地問、楚楚可憐地問或理直氣壯地問。
女企劃錯了，輕舞飛揚不會裝死，痞子蔡才會。
所以如果碰到這個問題，我總是死給人看。
逼得急了，我偶爾也會說出「情節可以虛構，情感不能偽裝」
之類虛無縹緲、模稜兩可的答案。

其實邏輯上「真」或「假」的定義很明確，根本沒有模糊的空間。
舉例來說：
「痞子蔡是 1969 年出生，就讀成大並拿到水利工程博士的大帥哥。
　請問這段話是真的嗎？」
不，它不是真的。

因爲痞子蔡只是「帥哥」，而不是「大帥哥」。
只要有100個字的敘述是假，那麼10萬字的東西就不能叫做眞。

我隱約看到你額頭上的青筋浮現。
冷靜點，先別激動，讓我換個方式說好了。
知道水力發電的原理嗎？

高處的水往下流，變爲流速極快的水流，衝擊渦輪機的葉片，
帶動葉片不停地轉動，從而製造電力。
簡單地說，就是水的位能轉換爲水的動能，最後變爲電能。
整個過程符合熱力學第一定律：能量不滅，只是能量的形式轉換而已。
身爲《第一次的親密接觸》作者，我扮演的，就是渦輪機的角色。

你應該聽不太懂。
沒關係。
你知道我是寫小說的，寫小說的人有某種特點：
明明只是因爲話說不清楚讓人搞不懂，卻裝作一副那就是哲理的模樣。

嗯，這就是哲理。

如果你就是要打破砂鍋，彷彿這比微積分的期末考成績還重要，
那麼我再簡短說兩個故事。

第一個故事，輕舞飛揚在成大是真實存在的，就這樣。
請你原諒我用這種虛無縹緲的說法來混過去，
因為我不想讓人以為我在販賣二手的悲傷。

第二個故事可以說得長一點。
我大學時的室友有個通信多時的筆友，終於決定見面並約好時間地點，
沒想到她卻失約了。
幾天後，我在宿舍信箱收到一封鉛筆寫的信，收信人只有名卻沒有姓。
是寄給我室友的信。
這封信皺巴巴的，而且信封上到處是濕了又乾的痕跡。

「我是○○的室友，冒昧通知你，請別介意。」這是信上的第一句。
然後說兩天前○○在校門口過馬路時，被一輛闖紅燈的砂石車奪去生命。
遺體停在殯儀館，下星期公祭。
「請來送她好嗎？她一直想見你。」這是信上的最後一句。

好，故事說完了。
「每造就一場繁華，必以更長久的荒涼相殉。」
張愛玲說的這句話有些道理。

《第一次的親密接觸》在十年後重新出版，即使時空背景已變，
我還是忍住了想加些什麼或改些什麼的衝動。

現今的網路速度和網站空間，已遠非十年前的網路環境可以比擬。
上網已成日常生活，社會大眾也不再對網路使用者投以怪異的目光。
而MSN和即時通等軟體的出現，加上手機早已普及，
沒有人會刻意上某個BBS站枯等熟悉ID出現，BBS也不再萬站齊鳴。
輕舞飛揚在線上等待痞子蔡的心情，過沒多久就會是古代的事。

但有一句話是不會變的：
「心的距離若是如此遙遠，即使網路再快，也沒有用。」

這十年來，人家總是問我：為什麼不放棄水利工程，當個專職作家？
但從來沒人問我：為什麼不放棄寫作，當個專職水利工程師？
很有趣吧。

被視為寫作江湖中的人物，我雖然不習慣，但也跌跌撞撞混了十年。
對於從小到大並未想過有天會具有作家身分的我而言，這十年像一場夢。
而且是場美夢。
畢竟人們看到作家出現，會恭敬地直起身，再彎下身幫他開車門；
但看到工程師時，頂多點個頭而已。

我知道所有的美夢終將醒來，但我還想再多睡一會兒。
請先別叫醒我，謝謝。

蔡智恆
2008 年 1 月 27 日 於台南

25 週年珍藏版　後記

1998年寫完〈第一次的親密接觸〉後，最常被人問故事眞實性？

即使經過25年，這仍然是讀者問我的第一個甚至是唯一的問題。

在十週年紀念版的後記中，我嘗試用比較具體的方式回答。

雖然比較具體，但還是不乾脆。

〈第一次的親密接觸〉裡的輕舞飛揚，在成大是確實存在過。

她也是因蝴蝶病而香消玉殞。

這25週年珍藏版的書中，我特地寫了〈Before the First Touch〉。

當初寫〈第一次的親密接觸〉時，我曾想過用這個故事來當作結局。

但想歸想，最終輕舞飛揚還是幻化成翩翩飛舞的蝴蝶而離去。

〈Before the First Touch〉的時間背景是在網路不發達的年代，

比〈第一次的親密接觸〉早了好幾年。

我特地把時間點精準設定成我念大一和大二的年代，

和現實世界中故事發生的時間點一樣。

正如我在序中所言，你可視爲〈第一次的親密接觸〉的番外篇，

或是另一個平行宇宙中的〈第一次的親密接觸〉。

兩個故事的精神類似，但〈Before the First Touch〉比較悲傷。

「Before」除了可表達時間背景在〈第一次的親密接觸〉之前外，

也可表示在真正的「接觸」前，故事就已結束。

〈Before the First Touch〉某些情節和人物方面，

可以呼應〈第一次的親密接觸〉。

比方蔡振輝會連結痞子蔡、了了連結輕舞飛揚、螢火蟲連結蝴蝶；

阿傑會連結阿泰、瑩瑩會連結小雯。

藍色和咖啡色的概念，還有野狼機車，也是一種連結。

光仔這角色其實融入成痞子蔡的部分人格，

而小安在第三次轉學考──大三升大四的暑假中，考進台大心理系。

他從台大心理系大二念起，畢業後又考上台大心理所。

〈第一次的親密接觸〉中痞子蔡有一段話：

「我沒臭蓋，這是我一個念台大心理研究所朋友的碩士論文。」

這個朋友就是小安。

還有一段話：「這不能怪阿泰的薄情與偏激，自從他在20歲那年

被他的女友fire後，他便開始遊戲花叢。」

阿傑第一次交筆友的結果，就在呼應阿泰的過去。

第一次見筆友被放鴿子的地點和了了就讀的學校，

與眞實情況有差異，但被放鴿子和校門口的砂石車卻是眞實經歷。
相約見面前卻幻化成螢光飛走以及告別式那天剛好是生日，
很不幸的也是眞實。

BBS年代已經夠古老了，沒有網路的筆友年代更古老。
如果你無法想像〈Before the First Touch〉的故事情節，
我可以理解，也請你多包涵。
但基於忠實陳述的精神，這篇故事可能得這麼寫。

或許你還不滿意，你認爲故事的眞實性是一道是非題，
答案只有○與╳。
我只能說抱歉，如果是眞實我不能明說，因爲可能會傷到當事人；
也不能說是純屬虛構，因爲不想說謊。

或許在50週年紀念版中，我會更直接、更乾脆的回答這道是非題。

蔡智恆
2023年11月8日　於台南

國家圖書館出版品預行編目資料

第一次的親密接觸/蔡智恆作. -- 三版. -- 臺北市：麥田出版，
　城邦文化事業股份有限公司出版：英屬蓋曼群島商家庭傳
　媒股份有限公司城邦分公司發行, 2023.11
　面；　公分. -- (痞子蔡作品集；1)

　ISBN 978-626-310-485-3（平裝）

863.57　　　　　　　　　　　　　　　　112008853

痞子蔡作品集 1

第一次的親密接觸（25週年新增四萬字番外珍藏版）

作　　　者	蔡智恆	
責 任 編 輯	林秀梅　陳佩吟	
校　　　對	施雅棠	

版　　　權	吳玲緯　楊　靜		
行　　　銷	闕志勳　吳宇軒　余一霞		
業　　　務	李再星　李振東　陳美燕		
副 總 編 輯	林秀梅		
編 輯 總 監	劉麗真		
發 行 人	涂玉雲		

出　　　版　麥田出版
　　　　　　城邦文化事業股份有限公司
　　　　　　104台北市民生東路二段141號5樓
　　　　　　：(886)2-2500-7696　傳真：(886)2-2500-1967
發　　　行　英屬蓋曼群島商家庭傳媒股份有限公司城邦分公司
　　　　　　104台北市民生東路二段141號11樓
　　　　　　書虫客服服務專線：(886)2-2500-7718、2500-7719
　　　　　　24小時傳真服務：(886)2-2500-1990、2500-1991
　　　　　　服務時間：週一至週五09:30-12:00 · 13:30-17:00
　　　　　　郵撥帳號：19863813　戶名：書虫股份有限公司
　　　　　　讀者服務信箱E-mail：service@readingclub.com.tw
　　　　　　麥田部落格：http://ryefield.pixnet.net/blog
　　　　　　麥田出版Facebook：https://www.facebook.com/RyeField.Cite/
香港發行所　城邦(香港)出版集團有限公司
　　　　　　香港灣仔駱克道193號東超商業中心1/F
　　　　　　電話：852-2508 6231　傳真：852-2578 9337
馬新發行所　城城邦（馬新）出版集團 Cite (M) Sdn Bhd
　　　　　　41, Jalan Radin Anum, Bandar Baru Sri Petaling,
　　　　　　57000 Kuala Lumpur, Malaysia.
　　　　　　電話：(603) 9056 3833　傳真：(603) 9057 6622
　　　　　　E-mail：services@cite.my
設　　　計　謝佳穎
排　　　版　宸遠彩藝工作室
印　　　刷　沐春行銷創意有限公司

初 版 一 刷　1998年9月25日
二 版 一 刷　2008年2月22日
三 版 一 刷　2023年11月30日

定價 / 420元
ISBN：978-626-310-485-3
城邦讀書花園
www.cite.com.tw

書名：第一次的親密接觸（25週年新增四萬字番外珍藏版）
ISBN：9786263104877（EPUB）